Couverture : M.A. VISION
ISBN : 9782957159161
Dépôt légal : juillet 2021

THE CUPIDON BROTHERS
Andréas

Estelle Every

PROLOGUE

ANDRÉAS

Deux mois plus tôt

La journée s'annonce chargée à l'hôpital, le service pédiatrique est saturé, et les urgences ne sont pas mieux : un flot continu de patients se déverse dans les couloirs. Je ne me plains pas, je ne me sens jamais aussi bien que lorsque j'ai du travail, le hic, c'est que pour que j'aie du travail, il faut qu'il y ait des gens malades…

Mon poste à la tête du service pédiatrique de l'hôpital de Los Angeles me confère certains privilèges, comme avoir une place de parking attitrée, mais surtout de grosses responsabilités : on attend de moi que je montre l'exemple en toutes circonstances.

Comme tous les jours depuis bientôt trois semaines, je suis sur le pont, prêt à m'occuper de ma part quotidienne de cas plus ou moins graves.

— Bonjour, docteur.

Je tourne la tête en direction de la voix féminine qui s'adresse à moi et vois arriver une jeune infirmière. Sa chevelure attachée en une queue de cheval se balance au rythme de ses pas.

La jeune femme s'arrête près de moi et relève les yeux vers mon visage. Quelque chose dans la manière dont elle se tient m'interpelle. J'ai l'intuition qu'elle est fatiguée.

— Bonjour Kena, vous êtes là depuis longtemps ?

Je pose la question pour la forme, je sais pertinemment qu'elle vient d'effectuer une nuit de garde dans mon service et qu'elle devrait déjà être partie. Les larges cernes qui bordent ses yeux marron indiquent l'état de fatigue avancé dans lequel elle se trouve.

— J'étais sur le point de rentrer chez moi quand on m'a demandé de rester, m'informe-t-elle. Je rempile pour six heures supplémentaires.

Elle pince les lèvres comme si elle s'en voulait d'en avoir trop dit, mais je ne suis pas le genre de boss à prendre les remarques de mon équipe à la légère.

— Êtes-vous en état d'assurer ces heures ou bien êtes-vous trop fatiguée ?

Kena me lance un regard qui dit clairement qu'elle pense que je n'en ai rien à cirer. Je sais très bien ce à quoi les équipes de cet établissement sont habituées : un management strict qui n'a aucune indulgence pour les humains qui travaillent pour eux. Mais je ne suis pas comme ça, et ne le serai jamais !

— Si vous voulez rentrer, allez-y. J'assurerai votre relève, la rassuré-je.

Elle me dévisage comme pour essayer de déterminer si je dis la vérité ou si je plaisante, alors j'insiste :

— Est-ce que ça irait mieux s'il s'agissait d'un ordre ? J'exige que vous rentriez vous reposer.

Kena semble se détendre un peu, mais elle n'est pas encore certaine de pouvoir s'en aller en toute tranquillité. Je décide d'enfoncer le clou et saisis le porte-document qu'elle a à la main.

— Je m'occupe du cas de…

Je déchiffre les notes que Kena a prises :

— … de Penny Lake. Une adolescente admise pour une entorse à la cheville, semble-t-il ?

— J'étais sur le point d'aller l'examiner pour décider de ce qu'il fallait faire pour elle, confirme Kena.

Je place le porte-document sous mon bras.

— Considérez que c'est chose faite ! Rentrez vous reposer, Kena. À plus tard.

La jeune infirmière ne se fait pas prier pour s'en aller. Je m'éloigne dans la direction opposée pour aller examiner la jeune personne blessée qui a été admise dans mon service.

Je ne prends pas la peine de frapper à la porte de la chambre dans laquelle ma patiente se trouve et j'entre. Une frêle silhouette est allongée sur le lit. Elle bouge quand je fais un pas dans sa direction. Je consulte à nouveau les notes de l'infirmière.

— Bonjour Penny, je suis ton docteur, tu peux m'appeler Andréas.

— Super, laisse-moi deviner : tu vas me donner

une sucette si je reste sage ?

Je relève les yeux sur le visage de la jeune patiente et je comprends tout de suite l'erreur qui a été faite : la femme qui se tient là est certes petite, mais elle n'a rien d'une adolescente. En fait, ses courbes indiquent qu'elle est tout à fait adulte. Nos regards se croisent et j'ai l'impression de me prendre un coup dans l'estomac : ses grands yeux noisette lancent des éclairs, mais ce sont surtout ses traits fins et sa mine volontaire qui me plaisent tout de suite.

Je fronce les sourcils.

— Désolé, il y a un malentendu, je suis pédiatre et je pensais que vous étiez une adolescente…

— Ce que je ne suis plus de toute évidence, rétorque-t-elle d'un ton acide.

Je me garde bien de me laisser distraire par ses formes que son débardeur met en avant.

— De toute évidence. Il s'agit d'une erreur…

— Un pédiatre… C'est une blague ?

Je ne réponds pas. La jeune femme se redresse et s'apprête à descendre du lit.

— Je n'aurais jamais dû venir de toute façon, marmonne-t-elle. Je suis sûre que je n'ai rien et que ça va passer… Un peu de glace suffira…

Mais elle n'a pas mis un pied par terre qu'elle pousse un cri de douleur.

J'approche d'elle rapidement et je saisis ses épaules pour l'aider à se rassoir sur le lit.

— Puisque vous êtes là et que je suis médecin, autant en profiter, vous ne croyez pas ?

La patiente relève la tête vers moi, dans cette position, nos visages sont très proches. Je sens tout de suite une sorte de courant circuler entre elle et moi. C'est puissant et inattendu. Je reste immobile sous l'effet de l'étonnement. Je ne sais pas si elle s'en rend compte, mais elle cligne des yeux plusieurs fois avant de réagir…

Son genou vient percuter mon entrejambe à la vitesse de l'éclair. J'ai beau être un ange, cette partie de mon anatomie n'en reste pas moins aussi fragile que celle d'un humain. Je me plie sous l'effet de la douleur fulgurante qui irradie dans mon bas-ventre.

— Aïe !

— Espèce de porc ! Je ne vais rien faire avec vous ! Non mais vous me prenez pour qui ?

Je m'éloigne de Penny Lake et prends quelques inspirations, le temps que la douleur reflue, avant de me redresser pour la dévisager.

— Je vous garantis que ça ne se passera pas comme ça ! assène-t-elle. Je vais…

Je garde le silence, attendant qu'elle baisse d'un ton. Quand elle se rend compte que je ne bronche pas, elle s'arrête de parler. Une lueur de doute passe sur son beau visage.

En dépit de son attitude agressive, je ne peux pas m'empêcher de noter que Penny Lake est une jeune femme d'une beauté exceptionnelle.

— Je vous proposais simplement de vous ausculter, mademoiselle Lake.

Sa bouche s'ouvre sous l'effet de l'étonnement,

et l'instant suivant, elle pique un fard. Je me demande ce qui fait qu'elle part au quart de tour comme ça.

— Mais si vous préférez que je confie cette tâche à quelqu'un de mon équipe…

— C'est ça, pour attendre encore plusieurs heures ? Non, merci.

Elle croise les bras sur sa poitrine, ce qui a pour effet de la faire pigeonner un peu. Je fronce les sourcils en détournant le regard. Peut-être que ce coup de genou dans les parties était le bienvenu en fin de compte ? Qu'est-ce qui me prend de mater une patiente ? Ce n'est pas du tout mon genre ! Bon, mes patients ne sont pas majeurs en général, mais même ! Je ne fais jamais ça, ni au boulot, ni ailleurs.

Ce n'est pas que je sois insensible aux charmes féminins, il est clair que j'apprécie de passer du temps avec certaines femmes, mais c'est toujours en dehors du cadre professionnel, et ce sont elles qui viennent vers moi à chaque fois.

— Bon, qu'est-ce que vous attendez pour jeter un œil ? lance-t-elle tout à coup.

— Je… Quoi ?

La jeune femme m'adresse un regard courroucé, et je me rends compte que j'ai l'air d'un idiot à rester planté au milieu de la chambre sans broncher.

Je me ressaisis et m'approche du lit. Je l'interroge :

— Vous vous êtes fait mal à quelle cheville ?

— La droite, lâche-t-elle du bout des lèvres.

Je reporte mon attention sur ses pieds. Elle porte des tongs et quand je vois la teinte qu'a prise sa cheville, je comprends pourquoi.

Je relève un peu le bas de son pantalon pour examiner l'articulation qui a beaucoup gonflé. Il ne me faut pas longtemps pour comprendre qu'il s'agit d'un cas plus grave qu'une simple entorse.

Je lève les yeux vers le visage de ma patiente et je surprends son regard rivé à mes mains. J'ai saisi son mollet tandis que de l'autre main j'appuie un peu sur le côté de sa cheville.

Elle se mord la lèvre et ses yeux s'emplissent de larmes, ce qui me fait dire qu'elle souffre atrocement. La réaction de la jeune femme confirme mes soupçons : elle a certainement une fracture.

— Comment vous êtes-vous fait ça ? demandé-je.

Penny fronce les sourcils, et je sens que je vais avoir droit à une rebuffade.

— Ça ne vous regarde pas ! tranche-t-elle.

— Eh bien, en fait, si.

Elle a un air buté qui me fait penser à certains enfants que j'ai eu l'occasion de soigner. Le problème dans le cas de Penny, c'est que je ne risque pas de l'amadouer en lui proposant une sucrerie…

Je lui explique :

— Si je sais dans quelles circonstances vous vous êtes blessée, je serai mieux à même de vous traiter.

Penny détourne la tête en direction de la fenêtre, comme si elle réfléchissait à l'éventualité de se confier à moi. Je ne comprends pas pourquoi elle est aussi réticente. Je ne lui demande pas une information personnelle, à moins qu'elle ne se soit blessée en faisant quelque chose d'intime ?

L'idée qu'elle ait pu être en pleine action avec un homme quand elle s'est blessée m'irrite un peu.

Je secoue la tête, autant pour chasser cette étrange pensée que pour signifier que je n'approuve pas son attitude.

— Peut-être que vous êtes dans le bon service, finalement, commenté-je. C'est une attitude plutôt puérile que de ne pas vouloir m'expliquer comment vous vous êtes blessée…

Penny braque sur moi un regard mauvais, et je sens que si ses yeux lançaient des flammes, je serais aussi grillé qu'un poulet passé à la rôtissoire.

— Ce n'est pas une manière de parler à une patiente, argue-t-elle.

— Et ce n'est pas une manière de parler à un médecin qui veut vous soigner.

Nous nous dévisageons en chiens de faïence, chacun campé sur ses positions. Penny Lake peut penser ce qu'elle veut, je n'en démordrai pas : j'ai besoin de savoir ce qui lui est arrivé pour décider comment la traiter.

— Je pense que vous vous êtes fracturé la cheville, mademoiselle Lake. Je vais demander à ce qu'on vous fasse passer une radio. Selon la gravité de votre blessure, il faudra peut-être vous opérer.

Ses yeux s'arrondissent sous l'effet de la surprise.

— Non, ce n'est pas possible ! Je… Non ! Il s'agit

d'une simple entorse. Je vais rentrer chez moi…

Sa voix se bloque dans sa gorge. J'ai du mal à déterminer si c'est sous le coup de l'émotion ou de la douleur.

— Vous pouvez partir si vous le souhaitez, mais je ne vous le recommande pas. Si vous ne soignez pas votre cheville, vous risquez d'avoir de graves séquelles…

Elle se mord la lèvre, et je vois qu'elle prend sur elle pour ne pas pleurer.

— Je vous assure que vous êtes entre de bonnes mains ici. Nous allons nous occuper de vous, Penny.

Je ressens quelque chose dans ma poitrine quand je l'appelle par son prénom...

La jeune femme se contente de hocher la tête, c'est tout ce qu'il me faut pour la soigner. Je me lève du lit sur lequel je m'étais assis pour mieux l'ausculter et m'apprête à m'éloigner quand une main agrippe mon poignet.

Je baisse la tête vers Penny et la peine que je lis dans son regard me touche.

— Merci, lâche-t-elle simplement.

CHAPITRE 1

PENNY

Le reflet que me renvoie le miroir de la salle de bains est loin d'être attirant : des cernes noirs bordent mes yeux, mon teint a connu de meilleurs jours et mes cheveux dégoulinent. La longue douche que je viens de prendre n'a rien atténué des traces de la nuit sans sommeil que je viens de passer. C'est comme ça depuis des semaines, et je crois que je suis en train d'atteindre mes limites…

Allez, Penny ! Secoue-toi un peu !

Je passe la main sur le miroir où la buée commence à rendre mon reflet trouble. Je ne sais pas pourquoi je m'obstine à avoir une vue dégagée sur ma tête de déterrée. Peut-être que je suis sado et que j'aime me faire du mal ?

Un coup frappé à la porte de la salle de bains me fait sursauter puis la voix de ma sœur s'élève derrière le battant :

— Pen ? T'as bientôt fini ? On va être en retard.

La poignée tourne et la tête de ma sœur apparait dans l'entrebâillement. Le contraste entre ma jumelle et moi est flagrant : elle a le teint frais, son regard pétille, ses joues sont un peu rosies par l'excitation. Mais surtout, ma sœur est amoureuse, ce qui a creusé entre nous un gouffre de la taille du *Grand Canyon*, et elle a cet air qu'ont les gens qui sont amoureux… C'est un petit rien qui fait toute la différence.

— Tu veux que je t'aide avec tes cheveux ? propose-t-elle.

J'utilise une serviette pour les sécher avant de lui répondre :

— Tu sais ce qui m'aiderait, Daphné ?

— J'ai bien ma petite idée, mais c'est hors de question.

Son ton est catégorique. Je la regarde par en dessous tandis que je penche la tête pour m'occuper de ma crinière.

Daphné reprend :

— Tu viens, c'est non négociable.

Je pourrais me défiler. En fait, si ça n'avait pas été ma sœur, je l'aurais fait sans aucun scrupule, mais il s'agit de Daphné…

— Je vais appeler Éros pour lui dire qu'on aura un peu de retard, précise-t-elle avant de s'éclipser.

Je résiste tout juste à la tentation de lui lancer une répartie cinglante, mais je me mords la langue pour ne pas le faire. Il faut vraiment que je prenne sur moi. En particulier aujourd'hui.

Ma sœur n'a pas hésité à lâcher tout ce qu'elle avait à New York pour venir me prêter mainforte à

Los Angeles quand j'ai été blessée, elle ne m'a rien demandé en échange, alors je peux faire un effort pour l'accompagner à cette stupide fête.

Le sol de la salle de bains est mouillé et je dérape au moment de sortir. Je me rattrape de justesse au cadran de la porte, mais le faux mouvement a réveillé la douleur dans ma cheville.

— Eh merde !

Je claudique en quittant la pièce et tombe sur Daphné. Elle est toute pomponnée, elle a même mis un parfum fleuri qui embaume l'air. Je serre les dents pour contenir la douleur qui irradie dans ma cheville.

— Tu vas mettre quoi ? demande ma sœur en me suivant jusque dans ma chambre.

— La même chose que tous les jours, je suppose.

Je récupère un jean noir et un débardeur de la même couleur dans ma penderie tandis que ma sœur s'assied sur le lit tout en pianotant sur son téléphone portable.

— Pense à prendre ton maillot, il y a une super piscine chez Élon, indique-t-elle.

Pour toute réponse, je me contente de pousser un grognement. Je n'ai pas l'intention de me baigner ni de participer à cette journée, mais je me garde bien de le dire à Daphné. Je sais qu'elle aurait à cœur de me prouver à quel point cette petite fête est importante car la fratrie des Cupidon sera présente, avec leurs compagnes, et qu'il faut faire bonne figure.

Sauf que ce n'est pas mon truc ce genre de rassemblement ! Moi ce que j'aime, c'est ma tranquillité, or on peut attribuer un tas d'adjectifs qualificatifs aux frères Cupidon, mais « calme » n'est pas l'un d'eux.

Je termine de m'habiller quand ma sœur vient se planter devant moi :

— Tu veux que je te maquille ?

Je lui jette un regard noir.

— Pour finir avec des paillettes et du gloss ? Non merci, je crois que je vais gérer.

De fait, je trace un trait d'eyeliner sur mes paupières, une touche de mascara complète le tout, avant que je décide d'en avoir terminé.

Mes cheveux sont encore humides, mais ils ne le resteront pas longtemps car il fait chaud en ce moment à Los Angeles.

— Éros est arrivé ! s'écrie Daphné.

Ma sœur se lève de mon lit et se hâte en direction du salon. Je la suis sans grand enthousiasme. Daphné me lance un regard par-dessus son épaule :

— Tout va bien se passer, tu verras. Et puis, qui sait, tu pourrais même t'amuser ?

Nous quittons mon appartement pour rejoindre Éros qui a garé sa voiture devant notre immeuble. Ma sœur lui plaque un petit baiser sur la bouche, mais Éros ne l'entend pas de cette oreille, il la saisit par la taille et il plaque son corps contre le sien avant de lui donner un profond baiser.

— C'est dégueu, grogné-je en détournant les yeux.

Je m'appuie à la voiture de sport d'Éros en

attendant qu'ils aient terminé de se nettoyer la gorge. Depuis qu'ils sont en couple, ils passent plus de temps dans un lit qu'ailleurs…

Loin de moi l'idée de les juger, mais j'en peux plus de toutes ces démonstrations de sensualité : ça me renvoie trop au vide de ma propre vie. Okay, je ne suis pas à la recherche d'un petit ami, mais quand même, je ne suis pas contre un cinq à sept avec un beau mâle de temps en temps, or je n'ai plus rien fait depuis…

— On y va, Penny ?

Je tourne la tête vers ma sœur qui vient de m'interpeler et je hausse les épaules en guise de réponse.

***

Moins d'une heure plus tard, Éros gare sa voiture dans le parking souterrain de la résidence d'Élon. C'est la première fois que je viens ici.

Et sans doute la dernière.

Je connais très peu la fratrie Cupidon, en dehors d'Éros et Andréas.

Daphné fait le tour de la voiture pour passer son bras autour de mes épaules :

— On va bien s'amuser, Pen, tu verras.

Je réponds par un grognement et nous prenons place dans l'ascenseur qui nous conduit au dernier étage de l'immeuble. L'immobilier à Los Angeles est particulièrement éclectique : on trouve de tout, depuis le petit appartement miteux jusqu'aux énormes baraques à plusieurs millions de dollars. Je me rends vite compte que l'appartement d'Élon est plus proche des baraques de luxe que de notre modeste logement.

La porte de l'appartement s'ouvre sur une jeune femme souriante qui semble aussi à l'aise que si elle vivait ici, et je présume qu'il s'agit de Sienna, la compagne d'Élon.

— Bonjour ! Entrez vite !

Son ton est aussi chaleureux et convivial que son sourire, et je ne tarde pas à comprendre que je suis la seule à tirer une tête de six pieds de long. Je hausse les épaules pour ponctuer mon monologue intérieur. Moi je n'ai pas demandé à venir, j'ai même fait tout mon possible pour éviter d'être présente à leur petite fête, alors tant pis si je fais tache au milieu de leur petit groupe.

Quand nous rejoignons les autres à l'extérieur (oui, cet appartement dispose d'une terrasse gigantesque et d'une piscine !), le contraste entre le reste du groupe et moi est plus qu'évident : pour commencer, je suis la seule à porter des vêtements noirs.

Je reste à l'écart tandis que Daphné se mêle au reste des invités. Je surprends le regard d'Andréas posé sur moi. Il m'adresse un sourire avenant, mais je me contente de détourner les yeux.

— Ben dis donc, t'as pas l'air commode.

Je tourne la tête vers la jeune femme qui vient de me parler.

— Et toi, tu n'es pas très polie, fais-je remarquer

sur le même ton.

Une petite lueur espiègle pétille dans le regard de mon interlocutrice.

— Je suis Priyanka, et je crois qu'on va bien s'entendre toi et moi, Penny.

Je fronce les sourcils avant de répondre :

— Je ne suis pas du genre à parler pour rien dire et je n'aime pas les gens.

Priyanka éclate de rire.

— Je t'apprécie déjà ! dit-elle enfin. Quand t'auras fini de nous épier pour savoir si on est dignes de ta présence, tu pourras prendre un verre et trouver de quoi manger par là-bas.

Elle fait un geste de la main vers l'intérieur de l'appartement, mais elle ne fait pas mine de s'éloigner.

— Daphné m'a dit que tu cherchais un taf en cuisine, reprend-elle. J'ai un pote qui a besoin de quelqu'un. Ça peut t'intéresser ?

Je lui jette un regard en coin. Si j'ai appris quelque chose, c'est que dans la vie, les gens font rarement preuve d'altruisme : si on te donne quelque chose, c'est parce qu'on attend autre chose en retour. Ma voix est un peu méfiante quand je réponds :

— Possible.

Priyanka se tourne vers moi, elle me dévisage un instant avant de lancer :

— Je suis certaine que tu ferais l'affaire… Bref, appelle-moi quand tu te seras décidée.

Je réponds d'un hochement de tête.

— À plus tard ! dit Priyanka avant de me laisser seule.

Je m'appuie au bord de la baie vitrée, tout en continuant à observer le groupe. Daphné se fond parmi eux comme s'il s'agissait de sa famille, ou du moins, d'amis de longue date. Comment fait-elle ça ? C'est naturel chez elle de s'intégrer dans les groupes…

Je me souviens d'un temps où c'était tout aussi naturel pour moi, mais je me ressaisis bien vite : inutile de remuer le passé, sous peine de voir les squelettes qui y sont enterrés revenir à la vie.

— Dis, est-ce que tu veux voir Caramel ?

Je baisse la tête vers la petite voix qui m'a parlé et je croise le regard bleu d'une petite fille à la chevelure blonde comme les blés.

Il y a une forme d'innocence en elle qui me prend au dépourvu et qui pénètre instantanément ma carapace.

Je présume qu'il s'agit de Candice, la petite orpheline que Sienna et Élon ont adoptée. Même si je n'en ai rien à faire, Daphné persiste à me raconter tout ce qui se passe dans la vie des membres de la famille Cupidon…

— Caramel ? demandé-je.

Candice hoche la tête avec un air très sérieux.

— C'est mon lapin bélier. Il est très beau, tu verras.

Sans plus de manière, elle saisit ma main et m'entraine à l'intérieur de l'appartement. Je n'ai pas le cœur à lui dire que je ne suis pas plus attirée par les animaux que je le suis par les gens, alors je me laisse guider jusqu'à sa chambre.

Une cage énorme occupe un mur, le décor est celui dont toutes les petites filles de son âge rêveraient, ou du moins, la grande majorité : elle a un lit de princesse avec une sorte de baldaquin, sans tomber dans le rose criard, la décoration est vraiment féminine.

Candice ouvre la porte de la cage pour récupérer son animal. Le lapin est assez gros et je me demande comment elle arrive à le porter, mais elle se débrouille bien et l'animal semble plutôt content de la retrouver.

— Caramel, dis bonjour à Penny, dit l'enfant.

Évidemment, l'animal ne répond rien, mais Candice hoche la tête comme s'il l'avait fait. Elle plante son regard dans le mien :

— Caramel dit que vous avez besoin d'un câlin.

Sans plus de cérémonie, elle me fourre son animal dans les bras.

— Non, Candice, je ne peux pas m'occuper de lui…

— Tu n'as pas besoin de faire quoi que ce soit…

Elle est interrompue par l'arrivée de Sienna. La jeune femme nous adresse un large sourire, et ses yeux pétillent quand elle me voit avec Caramel dans les bras.

— Bien, je vois que vous avez fait connaissance tous les trois, lance Sienna. Candice, va te laver les mains, s'il te plait, nous allons passer à table.

La petite fille semble m'avoir complètement oubliée, elle quitte la chambre.

— Candice ! m'écrié-je. Le lapin…

Mais c'est trop tard, la fillette est déjà partie. Je reporte mon attention sur Sienna.

— Caramel est très gentil, tu n'auras qu'à le reposer dans sa cage quand tu voudras venir avec nous.

Et elle s'en va, elle aussi.

Je reporte mon attention sur le lapin qui reste bien sagement dans mes bras. Sa fourrure marron clair tire sur le roux et je me fais la remarque qu'il porte plutôt bien son nom.

— Eh bien, on dirait que c'est rien que toi et moi, Caramel.

Je caresse son pelage très doux et le lapin semble satisfait. C'est étrange, je n'ai jamais eu d'animal étant petite. Mes parents disaient que s'occuper de ma sœur et moi était déjà un travail à part entière…

Ceci dit, en y repensant, Daphné voulait un dauphin et moi j'étais plutôt attirée par les reptiles… Je comprends d'autant mieux pourquoi nos parents n'ont jamais adopté d'animal de compagnie !

Je m'apprête à reposer le lapin dans sa cage, quand une silhouette se matérialise à la porte de la chambre.

— Bonjour, Penny.

Un regard bleu profond capture le mien, et je sens mon cœur accélérer sa course.

CHAPITRE 2

PENNY

Caramel dans les bras, je suis complètement figée, comme s'il m'avait prise en faute. Le regard d'Andréas ne me quitte pas, et je sens quelque chose qui réagit dans mon ventre...

Je me ressaisis très vite :

— Bonjour, Andréas.

Je lui tourne le dos pour remettre le lapin dans sa cage, mais surtout pour échapper à l'observation silencieuse de ce Cupidon.

— Tu ne vas plus jamais me parler ? demande-t-il derrière moi.

Mon cœur bat plus vite, mais j'essaie de ne pas y prêter attention. Je prends une grande inspiration avant de lui faire face. Il me faut toute ma concentration pour faire abstraction des larges ailes qui accompagnent Andréas partout où il va.

— Je n'ai pas grand-chose à te dire.

Une petite lueur de tristesse passe dans les yeux d'Andréas, et je m'en veux d'être aussi dure avec lui, mais je ne peux pas le côtoyer. Ma santé mentale est en jeu...

— Et si moi j'avais des choses à te dire ? argue-t-il.

Je secoue la tête :

— On était d'accord pour ne plus en reparler.

Andréas fait un pas vers moi, et je me fige à nouveau. Une partie de moi a envie qu'il soit plus proche, bien plus près, mais la partie plus raisonnable sait que ce n'est pas une bonne idée.

Il est tout proche maintenant, assez pour que je sente son parfum et un doux frisson parcourt ma peau. Je déglutis.

— Penny...

Sa voix n'est qu'un murmure, mais je sens la supplique qu'elle contient.

Mes paupières se ferment, comme si le fait d'être plongée dans le noir pouvait me permettre d'occulter la présence d'Andréas et de faire disparaitre cette tension qui est en train de faire sa place dans mon ventre...

Lorsque sa main se pose sur mon épaule, je sursaute et rouvre les yeux, mais je ne peux pas reculer car la cage de Caramel m'en empêche. Tout ce que je peux faire, c'est lever les yeux vers le visage d'Andréas et observer ses traits. Je n'ai pourtant pas besoin de le regarder parce qu'il est comme imprimé dans ma mémoire.

Ses prunelles sont dilatées sous l'effet du désir, et je suis à peu près certaine que les miennes aussi. Andréas se penche vers moi, réduisant l'espace qu'il y a entre nous, mais je lève la main et la pose sur son torse.

— S'il te plait, Andy, non.

Ma voix n'est pas aussi assurée qu'elle devrait l'être, et pour ça, je m'en veux, et j'en veux aussi à Andréas. C'est lui qui me met dans cet état de faiblesse !

Je fais un pas de côté pour le contourner et quitter la chambre, mais Andréas n'en a pas terminé :

— Tu peux m'éviter autant que tu veux, Penny, mais tu sais très bien que nous sommes faits l'un pour l'autre.

Je fuis la pièce, plutôt que je ne la quitte. Les paroles d'Andréas et l'envie de lui chevillées au corps. Voilà pourquoi je savais qu'il ne fallait pas venir : je ne voulais pas être confrontée à l'objet de mon désir. C'est très dur de résister quand il est dans les parages.

— Ah ! Tu es là ! s'écrie ma sœur quand je rejoins le reste du groupe sur la terrasse.

Elle insiste pour me servir un verre de jus d'oranges, mais je refuse : il me faut quelque chose de bien plus fort si je veux tenir toute la journée.

Je mets la main sur du punch, et j'en bois deux verres d'affilée. Heureusement, Daphné est trop occupée à discuter avec les autres pour faire attention à moi.

Est-il possible de se sentir seule en plein milieu d'un groupe de gens ? Oui, et je suis en train de le vivre. Mais ce n'est pas nouveau. En dehors de Daphné, il n'y a personne qui me comprend…

C'est faux, Riley te comprenait !

Je secoue la tête pour chasser cette idée importune, ce n'est pas le moment de laisser mon ex envahir mes pensées !

Je me ressers un verre de punch et suis sur le point de le boire quand quelqu'un se plante à côté de moi :

— Hey ! Tu devrais faire attention avec ce genre de cocktail, ça monte vite à la tête.

Je lance un coup d'œil mauvais au nouvel arrivant qui essaie de s'interposer entre mon remède et moi. L'inconnu m'adresse un large sourire, et j'apprécie tout de suite sa compagnie, même si la présence de grandes ailes dans son dos me plait beaucoup moins.

— Tu dois être Levy, commenté-je.

— Bon sens de la déduction ! Et toi, tu es Penny. C'est cool de te rencontrer enfin. J'ai beaucoup entendu parler de toi.

Mon attention est attirée par la silhouette d'Andréas qui passe près de nous sans nous accorder le moindre regard.

Il t'ignore.

C'est bien, c'est exactement ce que je lui ai demandé de faire. Je suis soulagée.

Ah oui ? Alors pourquoi tu ressens ce pincement au cœur ?

Je fais taire la voix de ma conscience en avalant cul sec un troisième verre de punch.

Levy commente :

— Okay, si t'as décidé de te prendre une cuite, autant demander à Andréas de prévoir une perfusion pour te remettre plus vite sur pied.

Il fait un pas pour aller parler à son frère, mais je pose la main sur son bras :

— Non ! Pas besoin. C'était le dernier.

Levy me considère un instant, comme s'il essayait de savoir si je dis la vérité, puis il hoche la tête.

— Comme tu voudras, mais si tu te mets à vomir partout, faudra pas compter sur moi pour nettoyer.

Il a une petite grimace qui m'amuse. Un rire s'échappe de moi, et ce son est tellement peu familier dernièrement que j'en suis la première étonnée. Je regarde autour de nous, presque pour m'assurer de ne pas avoir été prise en faute.

Mon regard croise celui d'Andréas qui nous scrute Levy et moi, et je jurerais que son visage exprime de la jalousie. Mon cœur se met à battre plus vite.

Je reporte mon attention sur mon voisin. En dépit des grandes ailes de Levy, sa compagnie m'est plus aisée que celle de son frère.

Sans doute parce que tu n'as pas envie de sauter sur Levy dès que tu le vois, au contraire d'Andréas…

Je pousse un petit soupir, de toute évidence, la quantité de punch que j'ai déjà ingérée ne suffira pas à faire taire la voix de ma raison. Et je devrai faire avec car je n'ai pas l'intention de me rendre malade.

D'ailleurs, je n'aurais pas dû essayer de résoudre mon problème avec de l'alcool. Si les drogues permettaient d'aller mieux, ça se saurait…

— Tu veux manger quelque chose ? propose Levy en me tirant de mes pensées.

Je hoche la tête, jugeant plus prudent d'ingérer quelque chose pour absorber l'alcool déjà dans mon système. D'ailleurs, je commence à en ressentir les effets : ma mauvaise humeur est en train de s'éloigner. Je souris carrément en regardant la petite famille d'Élon. J'en viens presque à faire abstraction des paires d'ailes de toute la fratrie Cupidon.

Sur les conseils de Levy, je grignote quelques crudités.

Quand tout le monde décide d'aller dans la piscine, je m'installe sur un transat pour les regarder. Je suis forcée de reconnaitre qu'Andréas et ses frères sont beaux comme des dieux ! Leurs corps musclés sont juste parfaits.

Andréas est de l'autre côté de la terrasse, et mon regard est comme aimanté par son torse. Je dois faire un effort considérable pour détourner les yeux…

— Je suis contente que tu sois là, Pen.

Daphné s'installe sur le transat voisin m'offrant par la même occasion une bonne raison pour ne pas dévorer Andréas du regard.

— Pas moi, répliqué-je.

Ma sœur éclate de rire, ce qui attire tout de suite l'attention d'Éros. Il se dirige vers nous, le corps ruisselant d'eau. Pourquoi suis-je capable de le regarder et de le trouver beau sans avoir aucune envie de lui sauter dessus, alors que quand il s'agit d'Andréas, je n'arrive presque pas à me contenir ?

— Tu ne veux pas te baigner un peu ? demande-t-il à ma jumelle.

Il se penche au-dessus d'elle, ce qui fait tomber une multitude de gouttelettes sur ma sœur.

— Non, merci. Plus tard peut-être, répond Daphné.

Éros lui vole un baiser qui se transforme assez vite en une étreinte torride.

— Il y a une enfant pas loin, vous savez ? fais-je remarquer.

Éros se détache de ma sœur et m'adresse un petit sourire en coin.

— Candice ne nous regarde même pas, répond Daphné.

Je reporte mon attention sur la fillette et me rends compte qu'elle est occupée à découper des fruits avec Sienna.

— Ce n'est pas une raison, argué-je. Moi aussi j'ai des yeux chastes !

Éros réplique aussi sec :

— C'est ça, on en reparlera…

Mais Daphné le fait taire d'une petite tape sur le bras.

Je fronce les sourcils. Que pensent-ils savoir tous les deux au juste ? Andréas aurait parlé de ce que nous avons fait ? Il m'avait juré qu'il ne dirait rien…

Caleb décide d'engager une partie de volley, et il interpelle ses frères qui ne se font pas prier pour le rejoindre dans la piscine.

La main de ma sœur se pose sur mon bras :

— Tu sais que tu peux tout me dire, pas vrai, Pen ?

Je suis contente d'avoir mis mes lunettes de soleil, comme ça Daphné ne peut pas voir que je lui mens :

— Bien sûr que je le sais, mais je n'ai rien à dire. Tout va parfaitement bien.

Je sens qu'elle n'est pas convaincue, mais elle n'insiste pas. C'est sans doute la partie de volley aquatique qui la distrait, et moi aussi d'ailleurs.

Voir la fratrie des Cupidon en train de s'ébrouer dans la grande piscine est un spectacle presque hypnotique... Au vu de leur plastique parfaite, il n'est pas étonnant que mon cerveau persiste à les affubler de grandes ailes d'anges. Ils sont tellement beaux qu'on pourrait les comparer à des statues grecques. En fait, je ne serais même pas surprise si l'on m'apprenait qu'ils avaient posé pour les sculpteurs du monde Antique...

Eh bien, je suis forcée de constater que mes pensées vont de mal en pis depuis quelques mois. Me voilà en train de comparer les frères Cupidon à des dieux grecs !

À moins que ça ne soit ma libido en quarantaine qui ne s'exprime ? J'ai fait de mon mieux pour museler mes envies parce qu'elles me ramènent chaque fois à Andréas, et qu'il est clair et net que je ne peux pas me permettre ce genre d'aventure. Pas avec lui.

Mais en même temps, aucun autre homme ne me donne envie de faire quoi que ce soit sur ce plan-là...

Non, c'est comme si je nourrissais, à mon insu, une obsession pour Andréas Cupidon. Mais il faut que j'en guérisse au plus vite. C'est une question de survie !

Bon, okay, pas vraiment de survie à proprement parler, disons juste que je ne pourrais pas rester saine d'esprit tant que je persisterai à fantasmer sur Andréas.

— À toi, Éros ! s'écrie Caleb attirant mon attention sur la partie.

Il lui fait une passe et le petit ami de ma sœur se propulse hors de l'eau pour rattraper la balle qu'il renvoie dans le camp d'Andréas et Élon. Levy, quant à lui, semble être une sorte d'arbitre.

Je ne suis pas experte en la matière, mais je suis presque certaine que les Cupidon feraient d'excellents joueurs s'ils voulaient pratiquer ce sport en club ! Même si j'ai compris qu'ils suivent leurs propres règles du jeu...

Tout comme Andréas et moi : chacun a ses propres règles, le problème étant que nous n'avons pas les mêmes.

Tandis que l'objet de mes pensées (et de mes fantasmes) joue avec ses frères, j'essaie de mettre en place toutes mes barrières pour ne pas être attirée par lui. La tâche me semble difficile quand mes souvenirs persistent à remonter à la surface...

CHAPITRE 3

ANDRÉAS

Le soleil s'est couché depuis un long moment déjà quand je rejoins Éros dans son loft.

— J'aurais pu avoir de la compagnie, grommelle mon frère quand je le retrouve dans son salon sans m'être annoncé.

— J'ose croire que tu es fidèle à Daphné, et comme elle est dans son appartement avec Penny à l'heure qu'il est, j'ai pensé que tu serais seul ici…

Éros me lance un regard en coin :

— Non pas que ça soit tes affaires, mais je ne vois personne d'autre que Daphné, d'ailleurs, je compte lui demander d'emménager avec moi.

Cette déclaration me surprend et je me laisse tomber dans le canapé en face de celui où Éros est installé.

— C'est si sérieux que ça entre vous ? demandé-je.

— Je suis certain que tu ne poserais pas cette question à un autre de nos frères, rétorque Éros.

— Probablement pas, mais il faut dire que tu n'as

pas le même passif qu'eux avec la gent féminine.

Éros lâche un petit ricanement :

— Je vois que tu ne sais pas tout sur Levy…

Je ne relève pas ce sous-entendu. Quoi que notre frère puisse faire avec les humaines, je suis certain qu'il n'arrive pas à la cheville d'Éros.

— Et donc, tu vas lui demander d'emménager quand ? l'interrogé-je.

Un voile passe sur le visage d'Éros :

— J'ai déjà tenté de lui en parler, mais sans succès.

— Laisse-moi deviner : elle ne veut pas laisser Penny seule ?

Mon frère hoche la tête. Un silence passe avant qu'il ne me lance :

— J'imagine que tu n'es pas venu ici pour me parler de ma relation avec Daphné. Qu'est-ce qui t'arrive petit frère ?

Je secoue la tête sans répondre. J'avais dans l'idée de lui demander conseil, mais maintenant que je suis ici, je me dis que ce n'était probablement pas la meilleure personne à qui m'adresser.

— Allez, tu n'as pas fait irruption chez moi au beau milieu de la nuit sans raison. Qu'est-ce qui se passe ? Profite, parce que je suis de bonne humeur.

J'ai un petit sourire en coin.

— Si je comprends bien, tu me fais une fleur ? demandé-je, narquois.

— On ne va pas jouer avec les mots, crache le morceau, Andréas.

Je passe une main dans mes cheveux dans un

geste nerveux. Quitte à être venu jusqu'ici, autant en profiter pour vider mon sac.

— C'est au sujet de Penny…

Mais je suis incapable de continuer, c'est comme si une force extérieure m'avertissait de ne pas le faire. Je sais qu'il ne s'agit que de mon égo qui s'exprime…

— Je t'écoute, répond Éros pour relancer la conversation.

— Je tiens à elle, avoué-je.

L'expression de mon frère ne trahit aucune émotion, alors je précise ma pensée :

— Bien plus que je ne le devrais.

Toujours aucune réaction de la part d'Éros. Je pousse un soupir.

— Je crois que j'ai fait une erreur en venant ici, fais-je tout en me relevant.

J'ai déjà fait quelques pas en direction de la porte quand la voix d'Éros s'élève dans mon dos :

— C'est clair. Ce n'est pas à moi que tu devrais parler de tout ça, Andy.

Je lui lance un regard par-dessus mon épaule.

— Tu ne crois pas que c'est Penny que tu devrais aller voir ?

Le poids que je porte sur les épaules semble s'alourdir un peu plus.

— Elle ne veut rien avoir à faire avec moi…

L'impuissance gronde en moi, je suis tellement frustré ! La voir à la petite fête d'Élon hier n'a rien arrangé. Penny est toujours aussi belle et elle m'attire comme personne avant elle. J'en deviens fou d'être réduit à la regarder de loin.

— Je ne sais pas quoi te dire, petit frère. Sois patient ? Ou alors ne le sois pas ? Je ne connais pas bien Penny. Tout ce que je sais, c'est qu'elle a un sacré caractère.

Un petit sourire étire mes lèvres.

— C'est le moins que l'on puisse dire.

Je suis conscient qu'Éros a raison, il n'y a que Penny qui puisse m'apporter des réponses, mais comment faire ? Elle ne veut pas me parler, ne me laisse pas l'approcher depuis cette nuit-là…

Je déglutis, mes sens s'affolent quand les souvenirs remontent. Mais je décide de les repousser sous peine de devenir fou.

— Je ne sais pas quel est le problème entre vous, reprend Éros, mais si je peux te donner un conseil : si tu es certain que ce qu'il y a entre vous en vaut la peine, ne lâche pas l'affaire.

Je quitte le loft d'Éros sans trop savoir où aller. Alors sitôt arrivé dans la rue, je prends mon envol. L'air est chaud, comme toujours à Los Angeles.

Plus je prends de l'altitude, moins je sais ce que je fais, ni où je vais, mais plus je suis certain que mon avenir est avec Penny. Si seulement je savais comment lui montrer le chemin !

Je serre les dents et file à toute allure dans le ciel californien. L'air qui enveloppe mon corps m'apporte une forme de soulagement, mais ce n'est pas assez pour apaiser mon tourment.

Est-ce pour ça que je suis sur Terre ? Expérimenter la frustration ? Tout ce que je vis ces derniers temps va dans ce sens… Même à l'hôpital.

D'autres souvenirs, bien moins agréables remontent à la surface. Je repense aux petits patients que je n'arrive pas à soulager, à ceux qui meurent faute de traitement efficace, et la douleur familière renait dans ma poitrine.

Quoi que je fasse, je suis perdant…

Je vole encore plus vite, fendant les cieux à une vitesse vertigineuse, dans l'espoir qu'un peu d'exercice apaisera mes tourments.

***

Malheureusement pour moi, le lendemain quand j'arrive à l'hôpital, je ne suis toujours pas calmé. Et je suis d'une humeur massacrante. J'aimerais dire que ma nature angélique me préserve des sautes d'humeur qu'ont les humains, malheureusement, ce n'est pas le cas.

— Tout va bien, chef ?

Je reporte mon attention sur le jeune interne qui vient de me rejoindre. Zion Pierce est là depuis quelques mois maintenant, il a tout de l'étudiant brillant et populaire à qui tout semble réussir. Étrangement, une forme d'amitié s'est nouée entre nous. Je n'irais pas jusqu'à l'inviter chez moi ou le voir en dehors du travail, mais j'ai plaisir à collaborer avec lui. Il est intuitif et très intelligent. Il ira loin dans la médecine, je le sens.

— Qu'avons-nous ce matin ? demandé-je en éludant sa question.

Zion commence à me briefer sur les cas des jeunes patients qui ont été admis dans mon service, mais j'ai l'esprit ailleurs... Avec une certaine brune qui hante toutes mes pensées.

— Zita semble aller mieux, continue mon interne.

Cette fois, je tends l'oreille. Zita est une petite patiente atteinte d'une leucémie, et je me suis attaché à elle. Je fais tout ce que je peux pour la soigner, même si je reste impuissant face au mal qui la ronge.

Je m'adresse à Zion :

— Où en est son dossier pour intégrer le programme expérimental de *For Labs* ?

Il n'a même pas besoin de consulter l'écran de sa tablette connectée pour me répondre :

— Aucune nouvelle pour l'instant.

Je serre les dents. Ce monde est terrible... Des enfants meurent avant même d'avoir eu la chance de vivre !

— Ce labo est connu pour avoir des pratiques un peu... limites, ajoute Zion.

Je reporte mon attention sur lui :

— Qu'est-ce que tu veux dire ?

Zion regarde autour de nous, comme pour s'assurer que personne ne nous entend, puis il me répond sur le ton de la confidence :

— On parle beaucoup entre étudiants, et le monde médical est très lié à celui des labo pharmaceutiques... J'ai entendu des rumeurs à propos de *For Labs*. Il parait que les responsables sont assez

« sensibles » aux pots-de-vin.

La corruption est partout, je ne suis pas étonné que ça soit aussi le cas dans les labos, mais je trouve ça répugnant de se faire de l'argent sur le dos de patients aux portes de la mort !

Quelque chose me dit que je ne suis pas au bout de mes surprises quand il s'agit des humains, et j'en viens à penser qu'Élon n'avait pas tort : on dirait que les hommes éprouvent un plaisir malsain à s'écraser les uns les autres.

D'habitude, j'arrive à gérer le ressentiment que ça provoque en moi, mais ce matin, la colère me gagne.

Je remercie Zion pour son compte-rendu, je lui donne quelques instructions puis je quitte le service. Je traverse tout le bâtiment avant d'arriver dans l'aile administrative.

— Bonjour, docteur Cupidon, me salue la secrétaire.

Mon idée est précise : je veux parler au directeur de l'hôpital.

— Orso est-il disponible ? lui demandé-je.

La jeune femme vérifie rapidement sur l'écran de son ordinateur avant de relever les yeux vers moi.

— Je suis désolée, mais il a une réunion avec le conseil d'administration dans quelques minutes. Il sera occupé toute la journée. Souhaitez-vous prendre un rendez-vous ?

Je secoue la tête, dépité. Je pourrais forcer l'entrée dans le bureau du directeur, mais je sais très bien qu'il m'enverrait bouler sous prétexte que je n'aurais pas respecté la procédure…

Je réponds à la secrétaire :

— Non, ça ira.

Je repars en direction de mon service, le moral en berne. Rien ne semble aller ces derniers temps, et j'en ai marre. Je suis généralement de bonne humeur et d'un naturel optimiste, mais quand tout persiste à se liguer contre moi et mes projets, il devient difficile de garder le cap.

La journée passe vite, je m'occupe d'un maximum de patients avant de quitter l'hôpital. À une époque, je passais tout mon temps ici, mais j'ai vite compris que ma nature angélique serait exposée si je ne quittais jamais les lieux. Donc je me force à m'éloigner de l'établissement au moins quelques heures par jour, pour donner le change. En vérité, je pourrais travailler presque sans relâche sans jamais être fatigué…

Mais les humains auraient tôt fait de me suspecter, et je sais qu'il n'est jamais bon de leur révéler notre nature d'ange. Je dois donc faire profil bas et m'intégrer du mieux que je peux pour ne pas éveiller les soupçons.

Je marche dans la ville, ce qui est assez inhabituel pour moi parce que je préfère voler. Sauf que ce soir, j'ai besoin de me changer les idées et j'ai l'impression que marcher m'y aidera.

Los Angeles est une ville surprenante, tout en contrastes et contradictions… Alors que la banlieue est huppée, on y trouve d'immenses propriétés qui se vendent à plusieurs millions de dollars, le centre-ville, lui, est dangereux.

Skid Row, en particulier, est réputé pour sa population de sans-abris et c'est presque un marché de drogue à ciel ouvert… L'ampleur de la tâche me semble colossale, et je doute de plus en plus d'arriver à faire quoi que ce soit pour aider les humains.

Il semblerait que cette phase de découragement soit commune à mes frères et moi, mais je ne la vis pas bien pour autant.

Mu par une inspiration soudaine, je m'arrête à un stand de nourriture et commande deux portions de *carne asada fries*. Je m'assure que personne ne me regarde avant de m'envoler.

Quelques minutes plus tard, je suis devant la porte de Penny.

CHAPITRE 5

PENNY

La sonnette retentit et je ne peux même pas compter sur Daphné pour aller ouvrir la porte car elle est sortie avec Éros. Confortablement installée sur mon canapé, je *binge-watche* une série et n'ai pas du tout l'intention de me lever.

Mais le visiteur, qui qu'il soit, sonne à nouveau. Je pousse un soupir et mets l'épisode en pause avant d'aller ouvrir.

Les mots désagréables que je m'apprêtais à déverser sur l'importun restent bloqués en travers de ma gorge quand je reconnais Andréas.

Mon estomac se serre et ma gorge s'assèche. Je suis surprise qu'il ait trouvé le courage de venir me voir à la maison.

— Bonsoir, Penny. Désolé de débarquer à l'improviste…

Il semble gêné d'être là tout à coup, et ça me touche.

— J'ai amené de quoi manger, ajoute-t-il en levant un sac en papier à hauteur de mes yeux.

Le fumet qui s'en échappe me chatouille les narines. On dit que pour gagner le cœur d'un homme, il faut d'abord gagner son estomac (ce que j'ai toujours trouvé hyper misogyne…) mais là je me dis que la réciproque est peut-être vraie.

J'ouvre le battant en grand pour laisser entrer Andréas. Son regard s'éclaire et j'ai l'impression qu'il vient d'ouvrir le cadeau de Noël qu'il a tant attendu tout au long de l'année.

Oui, et le cadeau, c'est toi, Penny.

Cette idée me perturbe et je referme la porte d'un geste trop brusque, ce qui me vaut de me prendre un coup dans la cheville droite. Je pousse un cri.

— Penny ! Qu'est-ce qu'il y a ?

Andréas est déjà à mes côtés, il me détaille pour s'assurer que je vais bien. J'ai les larmes aux yeux sous le coup de la douleur qui irradie dans ma cheville.

— Rien, ça va aller, grogné-je.

Mais quand je bouge, la douleur s'amplifie et je retiens tout juste un petit gémissement.

— Viens, je vais regarder ça, dit Andréas.

Il ne me laisse pas le temps de protester et me soulève dans ses bras. Il referme la porte avant de me porter jusqu'au salon. Le trajet est très court, pourtant j'ai largement le temps de m'imprégner de son odeur, de sa chaleur et de ressentir des frissons que j'ai bien du mal à ignorer…

Andréas me dépose doucement sur mon canapé, nos visages sont très proches, et nos regards se trouvent. Ce que je lis dans le sien court-circuite toute forme de pensée rationnelle en moi, à croire que mon cerveau a donné sa démission sans préavis.

Heureusement, Andréas a assez de présence d'esprit pour nous deux, et déjà il ausculte ma cheville. Son diagnostic est rapide :

— Ce n'est qu'un coup, il faudrait mettre un peu de glace pour soulager la douleur, mais tu devrais pouvoir marcher normalement.

Il vient de me dire d'appliquer de la glace sur mon pied, pourtant il ne bouge pas. J'ai bien trop conscience de sa main qui enserre mon mollet, et j'ai du mal à retrouver mes esprits quand il est si près de moi…

Je dois faire un effort considérable pour me soustraire à son regard hypnotique.

— Je dois avoir ce qu'il faut dans le congélateur, marmonné-je.

— J'y vais.

Il se lève et je l'entends s'affairer dans la cuisine.

Andréas ne devrait pas être ici… Pas tant que je ne suis pas assez forte pour le repousser. Parce qu'il y a une chose évidente : il m'attire beaucoup. Et même la vision de ses ailes dans son dos ne temporise pas mes ardeurs…

Il est clair que quelque chose cloche chez moi, je le sais, ce n'est pas normal d'avoir ce genre de visions. Mais je refuse d'aller à l'hôpital pour passer des examens, je redoute bien trop le diagnostic que le corps médical pourrait poser. Non, je préfère rester dans mon ignorance, tant que je ne vois pas le problème, il n'existe pas, pas vrai ?

Andréas revient avec des glaçons qu'il a mis dans un torchon. Il s'assied à côté de moi et pose délicatement mon pied sur ses genoux avant d'appliquer le paquet sur le bleu qui apparait déjà à la surface de ma peau.

— Tu vas avoir un hématome, remarque-t-il.

— J'ai vu pire…

Mon visiteur relève les yeux vers moi, et je mords l'intérieur de ma joue pour empêcher les souvenirs de remonter à la surface. Et il y en a beaucoup ! Entre ma vie d'avant, et la fameuse nuit avec Andréas… je dois faire appel à tout mon self-control pour rester concentrée sur le présent.

— Je suis désolé, Penny.

Je le dévisage, intriguée. Il continue :

— Je n'aurais pas dû venir… Mais j'ai besoin de te parler, et je ne voyais pas d'autre solution…

L'espace d'une nanoseconde, son regard dérive vers mes lèvres, et je sens mes joues chauffer, mais je fais comme si de rien n'était.

— Eh bien, maintenant que je suis prisonnière de mon canapé le temps de ne plus souffrir, tu as ce que tu voulais, Andréas.

Il fronce les sourcils, et je me rends compte que j'ai été assez sèche. Je suis tentée de me reprendre, mais ne le fais pas. Andréas ne doit pas s'habituer à venir me voir, à passer du temps avec moi, à me soigner…

Cet homme est le portrait craché du petit ami

parfait.

J'écarte cette pensée importune. Hors de question que j'aie un petit ami. Et encore moins Andréas ! Il est le frère du copain de ma sœur, j'imagine d'ici les ennuis que ça pourrait créer… Non, Andréas ne doit pas rester ici, et je ne dois pas le considérer autrement que ce qu'il est : le frère du petit ami de ma sœur. Dit comme ça, j'ai l'impression que la distance s'accroit entre nous. Mais ce n'est qu'une vision de l'esprit, parce qu'Andréas pourrait difficilement être plus proche sur le plan physique.

— Est-ce que tu as faim ? demande-t-il tout à coup. Je pense que les *carne asada fries* sont encore chaudes.

L'image de frites recouvertes de fromage fondu et de crème passe devant mes yeux et j'en ai l'eau à la bouche. Mais dans la foulée, je reporte mon attention sur Andréas, et c'est une faim d'une toute autre nature qui s'empare de moi.

— Alors ? Ça te fait envie, Penny ?

Je cligne plusieurs fois des yeux avant de comprendre qu'Andréas parle du sac en papier qui contient les plats qu'il a apportés.

— Oui, bien sûr.

Il n'en faut pas plus pour qu'il se dirige à nouveau vers la cuisine. Quelques instants plus tard, il rapporte un plateau sur lequel il a disposé nos deux barquettes ainsi que des couverts.

— J'ai du vin, si tu veux, proposé-je.

Andréas me dévisage un court instant, et je

peux suivre le cheminement de ses pensées : la dernière fois que j'ai trop bu en sa présence, ça nous a conduit sur un chemin que nous n'aurions jamais dû emprunter…

Je me racle la gorge :

— Il y a aussi des sodas au réfrigérateur.

Après un troisième passage dans la cuisine, Andréas s'assied à côté de moi. C'est tellement étrange de le voir installé ici, comme si c'était normal de trainer ensemble. Or ça ne l'est pas du tout !

Il attaque sa barquette de frites, et je reste figée un instant.

— Nous ne devrions pas faire ça, noté-je.

Andréas relève les yeux vers moi :

— Manger tu veux dire ?

Je soupire et secoue la tête :

— Tu sais bien de quoi je parle.

— On a dit que ça ne devait plus se reproduire, pas qu'on n'avait pas le droit de se voir, réplique-t-il.

Son regard bleu semble avoir capturé le mien et je plonge dans ses pensées, du moins, c'est ce dont j'ai l'impression… À moins que je ne les imagine, tout comme mon cerveau persiste à inventer des visions ? Les ailes d'Andréas luisent un peu dans la légère pénombre du salon.

L'espace d'un court instant, je me prends à me demander quelle est la texture de ses plumes…

Je reporte mon attention sur mes frites et en enfourne quelques-unes. J'ai une faim de loup ! Et au moins, ça m'évitera de laisser mes pensées partir en vrille.

— Qu'est-ce que tu regardais ? m'interroge Andréas en faisant un signe de la tête en direction de l'écran plat.

Je hausse les épaules :

— Une série que Daphné adore, et elle a fini par me convaincre.

Une petite lueur malicieuse passe dans les yeux d'Andréas.

— Ça parle de quoi ?

— Tu veux vraiment le savoir ? demandé-je, dubitative.

— Tout ce que tu fais m'intéresse, réplique-t-il d'un air naturel.

Une drôle de sensation se diffuse dans tout mon corps, mais je refuse de me laisser entrainer sur cette voie. Je sais déjà où elle conduit : dans une impasse. Il est donc inutile de me laisser distraire, une relation entre Andréas et moi ne pourrait que mal finir...

Je réoriente la discussion sur la série :

— Il s'agit d'un show qui suit la vie d'une famille anglaise à la fin du dix-huitième siècle.

Je reste volontairement floue sur l'intrigue qui est quand même assez romantique. Je ne l'avouerai jamais, mais finalement, Ross Poldark a réussi à me séduire...

Andréas enfourne quelques frites avant de me dire :

— Tu peux continuer à regarder, ça ne me dérange pas de prendre en cours de route.

Je considère cette idée pendant quelques secondes, avant de décider qu'il sera plus facile pour moi de gérer la présence d'Andréas à mes côtés si je bénéficie d'une distraction. Tout plutôt que continuer à lui jeter des regards à la dérobée…

J'appuie donc sur la télécommande et les héros reprennent le fil de la scène. Contre toute attente, la présence d'Andréas se révèle très agréable, nous échangeons parfois sur certains passages, et nous sommes souvent sur la même longueur d'onde.

Mais lorsque l'action se fait plus sensuelle, je fais mon possible pour rester de mon côté du canapé.

— Eh bien, je comprends mieux pourquoi cette série te plait, commente Andréas.

Je sens mes joues bruler et je lui jette un regard en coin… Mauvaise idée ! Andréas a cessé de regarder l'écran pour me dévisager, et je ne peux que reconnaitre la lueur qui brille dans ses yeux. Je déglutis tandis qu'une bouffée de chaleur se répand dans mon ventre.

Non, non et non ! Tu ne dois pas te laisser entrainer, Penny ! Sois plus forte…

Mais la petite voix de ma raison ne fait pas le poids face à Andréas, à son corps puissant qui réduit l'espace entre nous.

Note à moi-même : ne pas regarder une scène de sexe en compagnie d'Andréas… Ça ne peut que nous conduire à ce genre de situation.

Sans me laisser le temps de reprendre mes esprits, Andréas m'attire contre lui. Il pose la main contre ma joue tout en plongeant son regard dans le mien. Je crois que je me mets à trembler, et j'ai bien envie de tout envoyer balader : mes choix, mes convictions, mes propres barrières. La tentation est tellement forte !

— Penny, l'envie de toi ne me quitte plus, avoue-t-il tout bas.

En réponse, mon ventre s'embrase. Mes défenses tombent et sans même en avoir conscience, je me retrouve assise à califourchon sur Andréas. Il relève les yeux vers mon visage, l'air grave.

Sa main remonte dans mon dos pour saisir ma nuque. Je résiste un peu quand il veut me rapprocher de lui, mais il finit par remporter le duel et nos lèvres se frôlent une première fois.

Une petite décharge électrique se propage du creux de mes reins jusqu'en haut de ma colonne vertébrale. Mon corps semble reconnaitre celui d'Andréas car le chevaucher de cette manière me parait tout à fait normal et naturel.

Lorsque les lèvres d'Andréas amorcent une deuxième approche, je reprends le contrôle, mais je ne m'écarte pas, au contraire : je fonds sur lui pour l'embrasser.

À ce stade, ce n'est plus du désir, mais une sorte de fièvre qui nous envahit. Nous sommes pris d'une frénésie : Andréas fait passer mon top par-dessus ma tête tandis que je glisse les mains sous son tee-shirt.

Mes doigts parcourent les muscles de son torse, et le brasier gagne du terrain dans mon ventre.

Nous nous dévisageons un instant en silence,

nous avons tous les deux conscience que le moindre mot prononcé pourrait faire éclater la bulle dans laquelle nous nous trouvons.

Puis Andréas affermit sa prise sur ma nuque et il s'empare de mes lèvres, sa langue trouve la mienne pour entamer un ballet endiablé.

Je crois que nous sommes proches du point de non-retour quand du bruit se fait entendre dans l'entrée de l'appartement.

Andréas est plus rapide que moi : il récupère mon débardeur qu'il m'aide à remettre avant de me déposer sur le canapé.

— Eh bien ! Qu'avons-nous là ?

Nous sursautons et tournons la tête en direction d'Éros et Daphné qui viennent d'arriver.

Le regard de ma sœur passe d'Andréas à moi et je me demande ce qu'elle s'imagine…

CHAPITRE 6

ANDRÉAS

Ma journée de travail n'a pas encore débuté, en fait, il me reste plusieurs heures devant moi avant de prendre mon service. Mais je suis bien trop tenaillé par le désir depuis que j'ai quitté l'appartement de Penny hier soir, que je préfère autant aller au travail.

Pour l'heure, je patiente dans le parking souterrain. J'ai eu une idée qui pourrait changer la donne pour sauver ma petite patiente, et je veux aller jusqu'au bout.

Quelques minutes plus tard, une grosse berline noire se range sur la place que je surveille depuis une bonne heure maintenant. J'attends que le conducteur quitte l'habitacle pour m'approcher de lui.

L'homme sursaute quand il me voit à ses côtés :

— Andréas ! Vous êtes matinal…

— Bonjour Orso, le salué-je.

Le regard du directeur s'attarde derrière moi, et je peux suivre le cheminement de ses pensées : il se demande ce que je fais dans ce parking alors que je n'y viens jamais.

— J'imagine que c'est votre manière de solliciter un entretien ? s'enquiert-il.

— J'ai besoin de vous parler, c'est urgent.

Il me scrute un court instant, puis il répond :

— Vous avez quelques minutes, le temps que j'arrive à mon bureau. Si j'étais vous, j'irais droit au but.

Nous traversons le parking pour regagner les ascenseurs qui conduisent au cœur de l'établissement. Je ne perds pas de temps pour lui parler de ce qui me préoccupe :

— Ma patiente, la petite Zita Reed, est en attente pour être admise dans un essai clinique du labo *For Labs*. Son dossier n'a pas encore été traité, du moins, nous n'avons pas eu de réponse. Son état s'est légèrement amélioré, mais je crains qu'il ne s'agisse d'une courte phase de mieux avant de sombrer dans le pire…

Je pense à ma jeune patiente qui attend un hypothétique traitement et mon cœur se serre.

— Je comprends l'urgence de la situation, Andréas, mais que voulez-vous que je fasse ? réplique le directeur.

— Pourriez-vous intercéder en sa faveur auprès du laboratoire ? Je suis certain qu'un homme aussi important que vous a des contacts chez eux…

Le directeur me coupe tout de suite :

— Je ne pourrais pas faire ça, même si je le voulais, et vous le savez aussi bien que moi.

— Mais…

— Il n'y a pas de mais, Andréas. Je ne peux pas me permettre d'être accusé de corruption.

— Ce n'est pas ce que je vous demande…

— Non, mais c'est ce à quoi cela pourrait laisser penser si j'intercédais en faveur de votre patiente.

La colère monte en moi. Il s'agit de la vie d'une petite fille, et tout ce à quoi il pense, c'est sa réputation ?

— Notre métier est loin d'être facile, Andréas. Et si j'avais un conseil à vous donner, ce serait de maintenir une distance émotionnelle entre vos patients et vous. Il n'y a que comme ça que vous pourrez faire correctement votre travail.

Je garde mon calme alors qu'à l'intérieur je suis en train de bouillir.

Nous arrivons déjà à la porte du bureau du directeur, et sa secrétaire nous dévisage avec curiosité. Orso se tourne vers moi :

— Votre temps est écoulé. Bonne journée, Andréas.

Il me plante là, sans plus se soucier de moi ou de ma patiente. Décidément, ce monde est pourri jusqu'à la moelle ! Plus je passe du temps à leur contact, plus je comprends que les humains sont leurs pires ennemis. L'avenir de l'humanité me semble bien noir si rien ne change…

J'en suis là de mes réflexions quand je regagne mon service. En arrivant, je laisse passer une jeune femme qui s'en va et mon regard se pose sur un panneau d'affichage installé dans la salle d'attente.

L'idée me percute, et j'avance pour déchiffrer les

documents qui sont punaisés sur le rectangle de liège. Un sigle en particulier attire mon attention : celui de *For Labs*.

Je crois que je tiens le bon bout ! Si Orso ne veut pas faire le nécessaire pour sauver Zita, alors je le ferai. Oui, plus j'y pense, plus je suis convaincu que mon idée tient la route…

Mon téléphone se met à vibrer dans ma poche, interrompant le cours de mes pensées, et je le sors pour répondre. La voix d'Éros me surprend :

— Salut, petit frère. On n'a pas eu le temps de parler de tes exploits d'hier soir.

Je repense à ce moment un peu gênant où Daphné et mon frère nous ont surpris Penny et moi. La frustration pointe le bout de son nez… J'avais enfin réussi à percer ses lignes de défense.

— Je dois avouer que tu m'impressionnes, continue Éros.

Mais je le coupe :

— Je suis au boulot, Éros, je…

— Oui, oui, tu es à l'hôpital comme d'habitude. Tu passes ta vie là-bas… Que dirais-tu de te changer un peu les idées ?

Je fronce les sourcils. Qu'Éros m'appelle est déjà un évènement exceptionnel en soi, mais qu'en plus il me propose quelque chose est encore plus étrange.

— Qu'est-ce que tu as en tête ? demandé-je, méfiant.

— Contente-toi de te pointer ce soir à l'adresse que je t'enverrai. Tu ne le regretteras pas.

Sur ces mots pour le moins mystérieux, mon frère raccroche.

***

Le soir, je me rends à l'adresse indiquée par Éros, et je me pose devant le portail d'une énorme villa. Je n'ai pas jugé bon de prendre ma voiture, mais je regrette mon choix quand je vois la voiture de mon frère arriver avec Daphné et Penny à son bord.

Si Penny se pose des questions, elle n'en laisse rien paraitre. En fait, elle s'emploie surtout à éviter de croiser mon regard.

Comme toujours, entre nous, c'est un pas en avant, et deux en arrière… Je dois m'y résigner, mais une partie en moi en a marre de toujours subir sans rien dire. J'ai le pouvoir de changer les choses, si ce n'est pour les humains que je soigne, au moins pour moi.

— Salut, petit frère, lance Éros.

Il tient Daphné par la taille en un geste mi-possessif mi-amoureux, et je me prends à souhaiter pouvoir faire la même chose avec la deuxième des sœurs Lake. Mais Penny semble se trouver à des années-lumière de moi… Plongée dans ses pensées, elle garde le silence.

Je m'adresse à Éros :

— Qu'est-ce qu'on fait ici ?

— J'ai demandé à la production des *Brasiers de la Passion* de nous organiser une projection privée.

Je fronce les sourcils :

— Tu m'as fait venir pour regarder un épisode de la série dans laquelle tu joues ? Même venant de toi, c'est hyper narcissique !

Daphné s'esclaffe et Éros fait une drôle de tête.

— Mais non ! C'est pour voir un film en avant-première, me répond-il.

Nous remontons l'allée de l'immense propriété et nous sommes tout juste arrivés à la porte d'entrée que le battant pivote devant nous.

Un jeune homme nous accueille avec un sourire poli. Il a l'air d'être habitué à ce genre de soirée :

— Bienvenue, si vous voulez bien vous avancer, tout est déjà installé.

Il s'efface et Éros entre le premier. Il a l'air de connaitre les lieux, en tout cas, il se repère facilement et nous conduit jusqu'à une salle de projection privée.

La vaste villa est luxueuse et la salle de cinéma ne fait pas exception. Il y a plusieurs rangées de sièges. Éros guide Daphné vers deux fauteuils situés à l'avant. En passant, il désigne deux autres fauteuils placés plus loin. Enfin, pas super loin quand même, mais assez pour créer un minimum d'intimité entre les groupes de spectateurs.

Je laisse passer Penny et une fois qu'elle a pris place, je m'installe moi aussi. Il y a une petite table devant nous avec des coupes de champagne et des petits fours.

— Éros fait toujours les choses en grand, marmonne-t-elle.

— C'est une mauvaise chose d'après toi ?

Elle me considère quelques secondes avant de reporter son attention sur le couple qui est installé devant nous. On aperçoit le sommet de leur crâne.

La voix de Penny est un peu lointaine quand elle me répond :

— Je suis contente que Daphné ait trouvé un homme qui prenne soin d'elle.

Je me dis qu'Éros est tout juste capable de s'occuper de lui-même et que je le vois mal prendre soin d'une autre personne, mais peut-être que je me trompe. C'est vrai qu'il semble mordu de Daphné et que son comportement a changé sur certains points.

— Tu mérites la même chose toi aussi, Penny.

Une drôle d'expression passe sur son visage mais je n'arrive pas à la déchiffrer.

— Je crois qu'il ne faut pas attendre quoi que ce soit des autres, Andréas, dit-elle finalement.

— Tu es adepte du « on n'est jamais mieux servi que par soi-même » ?

Elle hausse les épaules :

— Je dis juste qu'il vaut mieux ne rien espérer pour éviter d'être déçu. C'est tout.

— Je suis certain qu'il y a des personnes dignes de confiance avec lesquelles on peut se permettre de laisser tomber nos barrières, contré-je.

Je ne le dis pas clairement, mais j'aimerais être ce genre de personne pour Penny. Je voudrais qu'elle ait confiance en moi et qu'elle arrête d'ériger des barricades entre nous.

Notre discussion est interrompue par le projecteur qui se met en marche et les lumières qui s'éteignent.

Je tourne la tête vers ma compagne :

— Tu sais ce qu'on va voir ?

Elle hausse les épaules et fait non de la tête. De toute évidence, je ne suis pas le seul à avoir été attiré dans ce guet-apens. Je ne sais pas si je dois remercier Éros ou lui en vouloir d'avoir pris cette initiative... De toute évidence, ce n'est pas une projection privée qui m'aidera à briser la carapace de Penny.

Qui te dit que tu as ce qu'il faut pour y arriver, Cupidon ?

Peut-être que nous ne sommes pas faits pour être ensemble et que je devrais en prendre mon parti une bonne fois pour toutes ?

Les images se mettent à défiler sur l'écran, mais je ne prête aucune attention au film de superhéros qui nous est diffusé en avant-première.

Je jette souvent des regards à Penny. Elle semble concentrée sur l'écran, mais je doute qu'elle soit captivée par le scénario qui n'a rien de très original. Devant nous, le rapprochement d'Éros et Daphné laisse supposer qu'ils se fichent bien du film eux aussi.

Et soudain, c'en est trop. Je me lève d'un bond et quitte la salle. Je ne croise pas âme qui vive dans la villa que je traverse jusqu'à rejoindre une gigantesque terrasse qui surplombe l'océan Pacifique.

Accoudé à la balustrade, avec le ressac en bruit de fond, j'essaie de faire le point sur la situation. De toute évidence, Penny ne veut pas que je l'approche, elle me l'a dit et me l'a fait sentir aussi.

Sauf hier soir.

Le souvenir de son corps chevauchant le mien et de ses lèvres contre ma bouche me fait frémir.

— Est-ce que ça va ?

La voix de Penny me surprend. Elle approche et s'accoude à côté de moi, en prenant soin de maintenir une distance réglementaire entre nous.

— Tu as l'air préoccupé, ajoute-t-elle.

Je ris tout bas :

— Plutôt ironique venant de ta part.

Je lui lance un regard en coin et lit la perplexité sur son visage, alors je m'explique :

— Tu sembles perdue dans tes pensées depuis que nous sommes arrivés ici.

Un silence passe pendant lequel ni l'un ni l'autre ne semble prêt à se confier, mais si je veux que les choses changent entre nous, il faut bien que je fasse le premier pas.

— J'ai une petite patiente à l'hôpital, commencé-je. Elle est très malade, je dirais qu'il ne lui reste plus que quelques semaines...

Je me tais parce que le souvenir de Zita surgit dans ma tête et que je suis vraiment triste et frustré de ne rien pouvoir faire pour elle.

Penny s'est tournée vers moi, ce que je prends pour un signe d'encouragement, alors je continue à me confier à elle. Et plus je le fais, plus je me rends compte que c'est simple et que ça me fait du bien d'avoir une oreille attentive :

— Elle pourrait intégrer un essai clinique, mais sa candidature n'a pas avancé depuis qu'on a envoyé son dossier au laboratoire pharmaceutique qui conduit les recherches…

Penny secoue la tête :

— Je suis vraiment désolée pour elle, mais elle a de la chance d'avoir un médecin tel que toi. Je suis certaine que tu trouveras une manière de l'aider.

J'ai bien une idée qui pourrait peut-être sauver Zita, le problème, c'est que ça pourrait aussi la tuer. Et je ne suis pas prêt à prendre cette responsabilité.

CHAPITRE 7

PENNY

Ce matin, j'ai pris une bonne résolution (et ce n'est pas anodin pour moi qui n'en prends jamais) : je vais trouver un nouveau travail. J'ai quitté mon job de serveuse il y a quelques jours, et je ne supporte pas de rester sans rien faire. Sans parler de l'aspect financier…

J'aimerais être comme Daphné et croire assez fort en mes rêves pour les rendre réels, mais je suis assez lucide pour savoir que je n'ai pas sa force.

J'ai donc sollicité Priyanka et c'est ce qui me conduit maintenant à me rendre à Sainte Mary pour un entretien d'embauche avec un certain Tarn Osbourne, le directeur de l'établissement.

Lorsque j'arrive devant l'orphelinat, je marque un temps d'arrêt pour observer la haute façade faite de briques rouges. Le lieu n'est pas désagréable, mais on a sans doute vu mieux pour des enfants.

— Si tu veux laisser ton mioche, tu peux trouver un autre endroit. Y a plus de place ici.

Je me tourne vers le jeune homme qui vient de m'accoster. Il tire sur sa cigarette tout en m'observant à travers la fumée. Je lui fais remarquer :

— Tu es trop jeune pour fumer.

— Et toi t'es pas assez vieille pour me faire la morale, rétorque-t-il du tac au tac.

Son accueil est tout sauf chaleureux, pourtant il y a quelque chose en lui qui me touche. Il est à vif, comme moi.

— Sérieux, qu'est-ce que tu fous là ? demande-t-il.

— Je crois que ça ne te regarde pas...

Il recrache de la fumée dans ma direction, mais je prends sur moi pour ne pas réagir à cette provocation puérile.

— T'es trop bien foutue pour avoir un gosse, fait-il remarquer.

Son regard me passe au crible, et même s'il essaie de jouer au mec macho, il n'y a pas d'étincelle lubrique dans ses yeux.

— Quand tu auras fini de jouer les terreurs, tu pourras peut-être m'indiquer où trouver Tarn Osbourne.

Il siffle entre ses dents :

— T'es sa meuf ? Vous avez déjà baisé dans son bureau ?

Cette fois, c'en est trop, j'éclate de rire. Mon attitude semble prendre au dépourvu mon interlocuteur : ses yeux passent de mon visage à la façade de l'orphelinat.

Quand je retrouve mon calme, je lui lance :

— Je m'appelle Penny, et si tout se passe bien, je travaillerai bientôt ici. Alors sois plus poli, sinon je m'arrangerai pour mettre du piment dans tous tes plats.

Le jeune homme me dévisage comme s'il cherchait à déterminer si je suis sérieuse. Finalement, il me dit :

— Moi, c'est Niall. Je suis le gars le plus cool à des kilomètres à la ronde. Et puisque t'es probablement la future cuistot, je vais te faire une faveur et te donner un conseil…

Niall marque une pause avant de me confier :

— Cet endroit a peut-être l'air d'un trou à rats, mais c'est chez moi, alors t'as pas intérêt à déconner.

Il n'ajoute pas de menace, mais c'est inutile, j'ai bien reçu le message. Il me dévisage un instant, et je hausse un sourcil.

— Okay… T'as d'autres conseils du même genre ou je peux aller passer mon entretien d'embauche ? Avec ta permission, bien sûr, ajouté-je sur un ton ironique.

Niall fait un geste de la main en direction du grand bâtiment :

— Fais-toi plaisir.

Je lui adresse un signe de tête avant de me diriger vers l'entrée. Tout en pénétrant dans le grand hall, je pense à ce jeune orphelin. La vie n'a pas dû être tendre avec lui…

Ceci dit, elle ne l'a pas tellement été avec moi non plus ces derniers temps. J'imagine qu'on a tous droit à notre part de problèmes et que ça fait partie de la vie.

Un homme sort de ce qui me semble être un bureau et se dirige vers moi. Il a l'air sympathique et un grand sourire étire ses lèvres :

— Bonjour, tu es sûrement Penny Lake ?

— Exact, c'est moi.

— Je suis Tarn.

Sa manière de me parler m'inspire confiance, et j'imagine qu'en général les gens doivent vouloir être son ami. Oui, parce qu'il y a une catégorie de personnes que je classe dans les « sociables » qui semblent attirer les autres comme des aimants. Et quelque chose me dit que Tarn en fait partie. Il a un abord facile et il n'a pas l'air de se prendre la tête.

Je commence à considérer cette opportunité professionnelle comme un plan intéressant.

— Je vais te montrer les cuisines, me dit-il.

Il me précède dans le bâtiment et je dresse une carte mentale des lieux pour être capable d'en sortir seule plus tard.

— Il y a environ cinquante pensionnaires, donc ce sont autant de repas à préparer le midi et le soir. Les horaires sont fractionnés, j'espère que ça ne t'ennuie pas ?

Tarn s'adresse à moi comme s'il était déjà décidé que j'avais le poste. Il me fait entrer dans un grand réfectoire.

— Nous avons une employée qui s'occupe du service et du rangement. Ton job sera de cuisiner, et uniquement ça.

Okay, il est maintenant clair que le poste m'a été attribué. J'en ressens une forme de soulagement.

Nous arrivons dans les cuisines, et je regarde autour de moi avec curiosité.

— Les installations ne sont plus toutes jeunes, mais je suis certain que tu sauras te débrouiller ici. Priyanka m'a dit que tu es une passionnée de cuisine.

Je reporte mon attention sur mon futur boss.

— Je dois être honnête avec toi, Tarn : je n'ai jamais dirigé une cuisine. J'espère être à la hauteur de la tâche.

Il a un sourire rassurant, et je commence à me dire qu'il est vraiment fait pour gérer ce genre de lieu : il faut faire preuve d'humanité quand on s'occupe d'un orphelinat. Du moins, c'est comme ça que je vois les choses.

— Merci pour ta franchise, Penny. Tu t'en rendras compte, mais ma philosophie est de toujours donner une chance aux gens. Alors si tu te sens d'attaque, la cuisine est à toi. On peut partir sur deux mois à l'essai.

Je hoche la tête pour signifier que cela me convient puis fais quelques pas tout en regardant les installations. Je sens une drôle d'émotion émerger dans ma poitrine, une de celles que je n'ai plus éprouvées depuis longtemps : la joie.

Après un instant de réflexion, je me tourne pour faire face à Tarn :

— Je suis partante !

Il m'adresse un large sourire.

— C'est parfait ! J'aurai besoin de quelques infos pour ton dossier, mais tu peux commencer ce soir !

— Si tôt ? m'étonné-je.

— Notre cuistot est parti de l'autre côté du pays sans prévenir, alors si tu es dispo, ce serait bien que tu prennes le poste le plus rapidement possible. Tu crois que ça va aller ?

Je hoche la tête :

— Oui. Il faudrait quand même que je jette un coup d'œil à la réserve pour savoir ce que je peux préparer.

— Bien sûr ! Fais comme chez toi. Je dois retourner à mon bureau. Tu sauras te repérer ici ?

— Sans problème.

Il me lance un dernier sourire avant de quitter la cuisine. Je regarde autour de moi en essayant de me faire à l'idée que je suis maintenant responsable de cette cuisine. C'est complètement fou ! Moi qui pensais devoir argumenter pour obtenir le poste, Tarn me l'a servi sur un plateau.

C'est louche, tu ne crois pas ? Tu devrais peut-être te méfier…

Je fais taire la voix de ma conscience. Je viens d'obtenir un emploi, et l'idée de cuisiner pour des enfants me plait beaucoup.

Lorsque je quitte Sainte Mary, j'ai l'impression que ma vie est enfin en train de revenir à la normale, et je suis soulagée. J'ai traversé un long tunnel ces derniers mois, il était temps que je voie la lumière du jour !

— Alors ? Ça s'est passé comment ?

Je sursaute en entendant la voix de Niall qui m'interpelle au moment où j'arrive sur le trottoir en face de l'orphelinat. Il se plante devant moi, sa cigarette à la main. Je m'abstiens de lui faire une remarque à ce sujet, certaine qu'il n'écoutera pas un mot de ce que je pourrai lui dire.

— Je suis la nouvelle responsable de la cuisine de Sainte Mary, l'informé-je.

Il a un petit rictus.

— Compte pas sur moi pour te féliciter, Penny.

Il insiste sur mon prénom. Je fronce les sourcils tout en l'étudiant :

— Qu'est-ce que tu fais de tes journées ?

— T'es de la police ?

— Tu me sembles un peu désœuvré…

Niall me lance un regard de travers avant de tirer sur sa clope.

— Qu'est-ce que tu fais cet après-midi ? demandé-je.

Il hausse les épaules, sans répondre.

— Rendez-vous en cuisine à trois heures, lancé-je.

Je fais mine de reprendre mon chemin, mais Niall me rattrape.

— Hors de question que je foute les pieds dans la cuisine.

Je m'arrête pour lui faire face à nouveau :

— J'ai un marché à te proposer.

Il me dévisage, l'air circonspect. Je ne sais pas trop pourquoi je fais ce que je fais, mais quelque chose me dit que ce gamin est paumé et qu'il suffirait de lui tendre la main pour qu'il trouve le droit chemin. Je prends une inspiration avant de lui dire :

— Si tu viens m'aider en cuisine, tu auras le droit de choisir quelque chose dans la réserve.

Ma proposition semble faire mouche car il ne la refuse pas. En fait, il a l'air d'y réfléchir.

— Je pourrai choisir ce que je veux ?

Je hoche la tête et son regard s'illumine. Il tire une dernière fois sur sa cigarette avant de l'écraser sur le sol, puis il me tend la main :

— On a un deal.

Nous échangeons une poignée de main pour sceller notre accord.

— Ne sois pas en retard. Et ramasse ton mégot, lui ordonné-je.

— J'ai pas d'ordre à recevoir de toi !

— Ça ne va pas tarder à changer, tu ferais mieux de t'y habituer.

Je lui lance mon regard qui tue, et il finit par se baisser pour récupérer le mégot sur le trottoir. Je me retiens de sourire, mais je suis contente de voir que je ne me suis pas trompée : je peux aider ce jeune.

***

Lorsque je reviens à Sainte Mary l'après-midi, je retrouve Niall appuyé à côté de l'entrée du réfectoire. Il pianote sur son téléphone et relève les yeux quand j'approche.

— Allez, on a du pain sur la planche, fais-je en poussant la porte.

Nous traversons le réfectoire pour regagner les cuisines. Je saisis un tablier pour moi, et un autre que je lance à Niall. Il le rattrape à la volée avant de le regarder :

— Je vais pas mettre ça !

— Ce sont des règles d'hygiène élémentaires en cuisine, alors tu le mets. Et va aussi te laver les mains.

Il me lance un regard consterné, mais je reste impassible. J'enfile mon tablier et le noue avant de me laver les mains moi aussi. Puis je sors des pommes de terre du garde-manger.

Je m'adresse à mon commis de cuisine :

— Tu les nettoies et tu les épluches. Il nous en faut plusieurs kilos, donc ne perds pas de temps.

Je dépose sur un plan de travail tout ce dont Niall a besoin pour accomplir sa mission avant de m'occuper du reste.

Le temps file à toute allure et je dois admettre que le jeune homme se débrouille plutôt bien, il est habile et travailleur. Nous avons bien avancé dans mon programme quand une femme d'un certain âge pénètre dans la cuisine. Elle se fige en nous apercevant.

Je prends les devants pour me présenter :

— Bonjour, je suis Penny, la nouvelle cuisinière.

La nouvelle venue se ressaisit et hoche la tête.

— Moi, c'est Felicity.

— Ravie de faire ta connaissance. Tout est presque prêt pour le repas de ce soir. J'ai commencé à réfléchir à des menus pour les jours qui viennent…

Je suis sur le point de lui montrer mon carnet dans lequel j'ai pris des notes, mais le regard de Felicity se pose sur Niall.

— Qu'est-ce que tu fais là, toi ? demande-t-elle avec animosité.

Un éclair de colère passe dans le regard de Niall, et je redoute le pire, alors je m'interpose entre eux :

— Il est ici pour m'aider. Je n'ai pas de commis de cuisine, et j'en ai bien besoin.

L'expression sur le visage de Felicity montre qu'elle est dubitative.

— Je t'assure qu'il s'est super bien débrouillé depuis tout à l'heure. En fait, sans lui, je n'aurais pas pu préparer ce plat.

Elle semble s'adoucir un peu.

— Après tout, ce n'est pas mon problème. S'il fait quoi que ce soit de travers, tu en assumeras la responsabilité, me dit-elle avant de regagner le réfectoire.

Je jette un coup d'œil à Niall qui semble se détendre, je décide de le relever de ses fonctions :

— Merci pour ton aide. Je vais terminer seule. Tu peux aller… euh… faire ce que tu fais généralement.

Il défait son tablier et s'apprête à partir quand je lui lance :

— Rendez-vous demain matin pour préparer le repas de midi.

Il se fige, et je redoute un instant qu'il refuse,

mais il me surprend en m'adressant un petit sourire en coin.

CHAPITRE 8

ANDRÉAS

Le campus est vide quand je le traverse pour rejoindre l'appartement de Levy. Je pourrais voler jusqu'à sa fenêtre, mais j'ai besoin de marcher pour mieux réfléchir.

La conversation avec Penny a porté ses fruits : je sais quoi faire pour aider Zita. Du moins, j'ai une idée sur ce qui pourrait jouer en sa faveur, mais je ne suis pas certain du résultat.

Allez, Cupidon, tu dois au moins essayer.

Le truc, c'est que je ne pourrai pas y arriver seul, c'est pour ça que j'ai décidé de demander un coup de main à mon frère, Levy. Quelques minutes plus tard, j'arrive devant la porte de son appartement.

J'hésite entre sonner ou frapper, mais je décide finalement de tourner la poignée. Elle s'ouvre sans difficulté, et je pénètre chez mon frère.

— Ben dis donc, frérot, tu as de drôles de manières !

La voix de Levy me fait pivoter en direction du salon. Je m'apprête à m'excuser, mais le sourire sur le visage de mon frère m'apprend qu'il ne m'en veut pas du tout d'être entré sans frapper.

— Qu'est-ce qui se passe ? demande-t-il tout de suite.

Je fronce les sourcils :

— Qu'est-ce qui te fait croire que…

— Tu ne te pointes jamais en douce de bon matin, donc je pense que tu as besoin de moi pour quelque chose. Arrête-moi si je me trompe.

Je hausse les épaules, mais ne le contredis pas car j'ai effectivement besoin de son aide.

Un petit sourire étire les lèvres de Levy. Il referme un carnet dans lequel il écrivait quand je suis arrivé :

— Tu vas te décider à parler ?

Je secoue la tête :

— Désolé, j'ai pas mal de choses à te dire, et surtout, j'ai besoin de ton aide.

Levy me dévisage un instant :

— C'est si grave que ça ?

Je m'assieds en face de lui à sa table avant de me pencher un peu :

— C'est encore pire.

***

Je lève les yeux vers le haut du building. Depuis le trottoir la hauteur semble encore plus impressionnante, pourtant il me suffirait de quelques secondes pour m'envoler et me poser sur le toit…

Je reporte mon attention sur l'entrée de l'immeuble où de grosses lettres en métal forment les mots *For Labs*. Ce que je m'apprête à faire dépasse de loin mes attributions, mais j'ai décidé de prendre le taureau par les cornes. S'il faut que je force le passage pour parler à un responsable, je le ferai.

Lorsque je me présente à l'accueil, un jeune homme renseigne mon identité dans son ordinateur. J'ai réussi à obtenir un rendez-vous, ou plutôt, Levy a réussi à entrer dans le système pour insérer mon nom dans le planning du directeur du laboratoire, un certain Driscoll.

Après les vérifications d'usage, on me donne un badge visiteur avant de me faire entrer dans le building. Je monte dans la cabine d'ascenseur, plus pour donner une image « normale » que par besoin, s'il le fallait, je pourrais emprunter les escaliers et arriver au sommet de la tour avant la cabine…

Mais j'ai conscience qu'il y a des caméras de surveillance un peu partout, et je préfère rester discret.

Lorsque j'arrive enfin au sommet, il ne reste plus que moi dans l'ascenseur. De toute évidence, peu de gens viennent rendre visite au PDG de *For Labs*.

Les portes métalliques coulissent et je m'avance dans le vaste hall. Une secrétaire est assise derrière son bureau. Elle relève les yeux sur moi, mais elle ne sourit pas. En fait, elle se contente de me dévisager d'un air étrange.

Je dois certainement me faire des idées… Sans

doute parce que je m'introduis ici de manière plus ou moins illégale. Je prends sur moi et fais quelques pas dans sa direction, mais je n'ai pas parcouru deux mètres que des présences se matérialisent à côté de moi.

On me saisit par les bras et je me retrouve immobilisé. D'abord stupéfait, je tente ensuite de me débattre. Lorsque je tourne la tête vers l'un de mes assaillants, je suis atterré de constater qu'il a une grande paire d'ailes noires dans le dos. Un rapide coup d'œil de l'autre côté me confirme que le deuxième gars est lui aussi un *oublié*.

C'est à cet instant que la secrétaire appuie sur une touche de son téléphone :

— Monsieur Driscoll, votre rendez-vous est arrivé.

Elle m'adresse ensuite un rictus mauvais et je me demande dans quel piège je me suis fourré.

Un des *oubliés* qui me tient le bras aboie :

— Avance !

Je suis tenté de leur fausser compagnie, mais j'ai besoin de parler au directeur du laboratoire, alors j'obéis. On me fait entrer dans un vaste bureau très lumineux dont les murs sont entièrement vitrés et donnent sur l'extérieur.

Un *oublié* se tient là, il me tourne le dos et regarde dehors.

Ses deux larbins me relâchent sans pour autant quitter la pièce. Ils se placent de part et d'autre de la double porte du bureau. Quelques secondes s'écoulent, mais je ne romps pas le silence. Étant donné l'accueil que j'ai reçu, j'estime que c'est à lui d'engager la conversation.

Enfin, Driscoll se retourne vers moi. Ses yeux entièrement noirs se posent sur moi. Je me demande s'il a une apparence normale pour les humains ? Je ne connais pas beaucoup d'*oubliés*, mais ceux que j'ai déjà croisés avaient des yeux « normaux ».

— Un Cupidon, rien que ça, lance-t-il avec un rictus mauvais.

Je ne sais pas quoi répondre à ce genre de phrase, alors je garde le silence.

— Que me vaut l'honneur de ta visite ?

Je note qu'il ne m'invite pas à m'assoir et je crois que ma chance de faire admettre Zita dans l'essai clinique a définitivement disparu, mais je dois au moins essayer.

— Je ne savais pas qu'un *oublié* dirigeait ce laboratoire...

— Eh bien, tu devrais mieux t'informer avant de t'introduire dans le bureau de quelqu'un.

Je ne réponds pas, et il continue :

— Ne me dis pas que tu pensais que ça passerait inaperçu ? C'est tellement grossier comme manière de faire...

Je me demande s'il attend que je m'excuse, mais je n'ai absolument pas l'intention de le faire.

— Si j'ai tenu à te rencontrer, c'est pour parler d'une de mes patientes.

Driscoll me regarde de haut en bas avant de prendre place dans son fauteuil. Il pose les coudes sur son bureau et joint le bout de ses doigts. J'interprète son silence comme une opportunité de continuer :

— Zita Reed est en attente pour faire partie d'un de vos essais cliniques pour un traitement contre la leucémie...

Driscoll a un vague mouvement de la main, comme si ce que je lui racontais ne l'intéressait pas du tout.

— Donne-moi la véritable raison de ta présence ici, Cupidon.

Sa voix est proche du grognement et je sens bien qu'il n'est pas du genre à plaisanter. Je suis conscient que ma venue pourrait m'attirer de gros ennuis...

— Je viens de te le dire : Zita Reed doit faire partie de votre essai clinique.

Il me dévisage un instant, comme s'il cherchait à savoir si je suis sincère.

— Que proposes-tu en échange de sa participation ? demande-t-il enfin.

J'en suis bouche bée. Est-il en train de monnayer l'admission de Zita dans le programme ?

— Je n'ai pas d'argent, si c'est ce que tu veux, réponds-je.

Driscoll se met à rire et sa réaction inattendue me laisse perplexe.

— Je me fiche de ton argent, Cupidon. Tu crois que j'ai besoin de tes billets verts ?

Il fait un mouvement de la main pour désigner son bureau :

— Rien que le mobilier dans cette pièce coute plus cher que ton salaire annuel à l'hôpital.

Je fronce les sourcils, s'il ne veut pas d'argent, je ne vois pas ce que je peux lui donner qui pourrait l'intéresser.

— Je n'ai rien à vous offrir en échange.

Et c'est à cet instant que je comprends que Zita est condamnée : il n'y a aucune chance que cet *oublié* accepte de la soigner. Je ne suis pas assez naïf pour croire qu'il est à la tête d'un laboratoire pharmaceutique par bonté d'âme. Non, il n'y a rien de bon chez lui, et je crois que la couleur de ses yeux reflète bien celle de son âme…

— C'est là où tu te trompes, Cupidon. Encore.

Décidément, j'ai l'impression d'être le dindon de la farce et je n'aime pas du tout ça. Driscoll a l'air d'en savoir long sur moi, ce qui me tape sur les nerfs.

— Tu possèdes bien quelque chose qui m'intéresse et qui pourrait faire pencher la balance en faveur de ta petite protégée.

Il fait durer le silence, comme s'il voulait créer un effet dramatique, mais c'est inutile car j'ai parfaitement conscience de la gravité de la situation.

Driscoll semble attendre une réaction de ma part, alors je prends sur moi pour lâcher :

— Et qu'est-ce que c'est ?

— Enfin ! Je pensais que tu n'allais jamais le demander !

D'un mouvement rapide, il se lève et contourne le bureau à une vitesse surnaturelle, pour se planter devant moi. Nous faisons presque la même taille, donc il ne m'impressionne pas vraiment, même si j'ai conscience que le rapport de force n'est pas en ma faveur.

— Ton sang, Cupidon. Voilà ce que tu as qui m'intéresse.

Je fais en sorte de rester de marbre. Il continue :

— Tu n'ignores pas que le sang des *oubliés* possède des… propriétés particulières, dirons-nous.

Il marque une pause comme pour me laisser une chance de parler, mais je garde le silence. Mieux vaut qu'il ne sache pas quel est mon niveau d'information.

Mes frères et moi avons appris deux ou trois trucs depuis que nous avons arrêté Joakam[1]. Mais si Caleb m'a enseigné quelque chose, c'est que face à un ennemi, il ne faut jamais révéler ce que l'on sait.

— Et ça fait un long moment que je rêve de mettre la main sur un Cupidon pour étudier les propriétés de votre sang.

Je repense à ce qu'il s'est passé quand Caleb a amené Priyanka à l'hôpital il y a quelques semaines après qu'elle a été attaquée par Joakam… J'ai pu la sauver en lui transfusant du sang de Caleb, mais rien ne garantit que ça soit possible pour d'autres humains et je ne me suis pas risqué à tenter l'expérience. Ce sont des vies qui sont en jeu et je n'ai pas le droit de jouer avec ça !

Je serre les poings. L'idée de coopérer avec Driscoll me répugne, mais si cela peut donner une chance à Zita, alors peut-être que je dois le faire...

— Tu proposes quoi ? demandé-je.

Un petit rictus tord les lèvres de l'*oublié*.

— Rien de bien important, rassure-toi, Cupidon. Tu ne sentiras rien et en échange ta petite protégée intègrera notre programme.

S'il y avait un autre laboratoire aussi proche de trouver un traitement pour sauver Zita, je ne serais pas ici. Mais je sais qu'elle n'aura pas d'autre chance, c'est *For Labs* ou rien.

— J'ai ta parole que Zita sera admise dans les essais cliniques de *For Labs* ?

Un éclat brille dans le regard noir de Driscoll. Je déteste devoir lui faire confiance dans un moment aussi important, mais il est mon dernier espoir.

— Une toute petite prise de sang et ta protégée sera entre de bonnes mains, confirme-t-il.

Je suis conscient qu'il y a des chances que le traitement ne sauve pas Zita, mais d'un autre côté, s'il y a la moindre possibilité qu'elle s'en sorte, je dois essayer.

Alors je donne mon accord d'un simple hochement de tête.

CHAPITRE 9

PENNY

Faire du shopping n'est pas exactement mon truc. Je préfère commander en ligne et tout recevoir à la maison. Enfin... quand je commande. Parce que j'ai plutôt tendance à faire durer mes fringues le plus longtemps possible. J'ai même certains vêtements depuis le lycée...

Je me ressaisis et pénètre dans la boutique avant que la raison reprenne le dessus et que je décide de prendre mes jambes à mon cou. Je hais les centres commerciaux, alors je dois faire un énorme effort pour être là aujourd'hui.

— Bonjour, mademoiselle, que puis-je faire pour vous ?

La vendeuse qui s'adresse à moi me fait presque sursauter. Elle a un sourire poli, mais j'ai noté que son regard m'a inspectée des pieds à la tête. C'est vrai que mon look est loin de coller avec le genre d'articles que l'on trouve ici... Là où je suis portée sur le noir, dans la boutique tout n'est que fleurs, papillons, couleurs pastel...

— Non, merci, je vais jeter un coup d'œil.

Je me hâte en direction du rayon cosmétique. Je sais que Daphné veut essayer une nouvelle palette de fards à paupières parce qu'elle m'en parle depuis des semaines, et j'ai décidé de lui en faire cadeau. Elle le mérite après tout ce qu'elle a fait pour moi depuis mon *accident*.

Les souvenirs essaient de faire une percée dans ma tête, mais je les repousse loin et les enferme à double tour quelque part dans un coin. J'ai vite compris qu'il y a des choses que je peux gérer, et qu'il y en a d'autres qu'il faut tout faire pour oublier. L'*accident* en fait partie.

— Très bon choix !

Cette fois, la voix de la vendeuse me fait sursauter. Elle doit certainement me surveiller, au cas où je déciderais de voler quelque chose…

Je lui tends la palette :

— C'est pour un cadeau.

Elle hoche la tête et m'offre un large sourire dont elle a le secret. Je la suis jusqu'à la caisse où je règle mon achat. Techniquement, je n'ai pas encore été payée puisque je viens tout juste de commencer mon nouveau travail, mais je n'ai pas envie d'attendre pour faire ce cadeau à ma sœur.

Daphné paie le loyer depuis quelques mois, et sans elle, je serais retournée vivre chez nos parents, ou pire, j'aurais pu finir parmi les nombreux sans-abris qui hantent Skid Row… Un frisson me parcourt et je chasse cette idée de ma tête. Tout va bien, et je peux compter sur ma famille pour m'aider en cas de besoin, c'est plus que ce que la plupart des gens ont.

Je quitte la boutique le cœur léger, heureuse à la perspective d'offrir son cadeau à Daphné. Je suis sur le point d'emprunter un escalator quand je percute quelqu'un.

Une poigne ferme m'empêche de perdre l'équilibre et je relève la tête pour voir à qui j'ai affaire.

— Penny ?

— Levy !

Je suis surprise de voir le frère d'Andréas ici.

— Tout va bien ? demande-t-il. Tu avais l'air perdue dans tes pensées…

— Je vais bien, oui.

Je me retiens tout juste de lui demander ce qu'il fait ici, mais il lève un sac siglé du logo d'une marque de vêtements.

— J'avais besoin d'un truc.

Il m'adresse un franc sourire et, bizarrement, je lui en retourne un. Je me ressaisis quand je me rends compte que je lui souris. Nous arrivons en bas de l'escalator et nous faisons quelques pas pour nous écarter du chemin des autres clients.

— Ça te dit de prendre un café ? propose-t-il.

Levy a un contact super facile et agréable, le peu de fois où je lui ai parlé, j'ai eu l'impression de retrouver un pote perdu de vue. C'est si simple d'être avec lui, alors que je me sens toujours sur des charbons ardents quand il s'agit d'Andréas…

— Penny ?

Je me rends compte que je n'ai pas répondu.

— Okay.

Il m'adresse un grand sourire, et je me dis qu'il doit en faire craquer plus d'une… même s'il n'a pas le charme d'Andréas. Je secoue la tête pour chasser cette pensée importune. Je ne dois plus penser à lui, et surtout pas de cette manière-là.

— Je connais un endroit sympa, viens, dit-il.

Levy me conduit jusqu'à un petit établissement qui propose aussi des tas de jus de fruits frais. J'opte pour une dose vitaminée plutôt que pour de la caféine : je suis d'un naturel électrique, inutile d'en rajouter.

— Je n'aurais jamais imaginé te croiser ici, dit Levy.

Je hausse les épaules :

— Je suis venue pour acheter un cadeau à Daphné.

Le regard de Levy se pose sur le sachet que j'ai posé sur la banquette à côté de moi.

— Pas pour Andréas ? demande-t-il, la mine joueuse.

Je pique un fard et évite son regard. Je prends une gorgée de mon jus pour garder une contenance, mais je n'ai pas pu empêcher mon cœur de battre plus vite quand Levy a mentionné son frère.

— Je ne sais pas ce qu'il se passe entre vous…

— Rien ! le coupé-je.

Levy hausse les sourcils tout en m'observant. Je sens mes joues s'enflammer et ajoute :

— Je veux dire, rien d'important.

— Tu n'as pas d'explication à me donner. Vous

êtes deux adultes, vous faites ce que vous voulez…

Je laisse dériver mon regard en direction de la galerie marchande où les clients affluent. C'est fou ce qu'il peut y avoir du monde en journée… Okay, je crois que je touche le fond si j'en viens à m'interroger sur l'affluence dans le centre commercial… Ceci dit, plus j'y pense, plus je me dis que j'ai vraiment un problème. Sinon comment expliquer ma manie de repenser à Andréas et de réagir quand il est dans les parages ?

— Ce que j'allais te dire, reprend Levy, c'est qu'Andréas est un mec sérieux. Il ne te fera jamais souffrir, si c'est ce qui te pose problème.

Je n'ai pas très envie de parler d'Andréas, surtout pas avec un de ses frères, alors je le rembarre :

— Oui, venant d'une personne impartiale, je suis censée avoir confiance ?

Levy ne s'offusque pas de mon sous-entendu. Il répond d'un air dégagé :

— Je ne suis pas en train de te mentir. Tu ne pourrais pas trouver quelqu'un de mieux dans tout Los Angeles, voire dans ce pays…

Je fronce les sourcils, gênée que Levy insiste.

— Si je te dis ça, Penny, c'est parce que je sens bien que mon frère tient à toi.

Il n'en dit pas plus, mais c'est suffisant pour faire battre mon cœur un peu plus vite… Andréas tient à moi. Je secoue la tête pour me remettre les idées en place.

— Il ne devrait pas, commenté-je sèchement.

Je regarde Levy droit dans les yeux pour appuyer

mes paroles. Non, Andréas ne devrait pas s'attacher à moi. Je n'en vaux pas la peine.

Levy s'apprête à répliquer quand son téléphone se met à sonner, il décroche sans me quitter des yeux :

— Attends, Caleb, tu peux répéter ?

Son visage devient livide et je ne peux pas m'empêcher d'être curieuse : que se passe-t-il ?

— Okay, je vous rejoins tout de suite.

Il se lève et raccroche son téléphone.

— Désolé, il faut vraiment que j'y aille. À plus tard, Penny.

Je hoche la tête et le regarde tandis qu'il s'éloigne. Sa haute silhouette est visible un petit moment, et ensuite, je ne vois plus que ses ailes qui dépassent du reste de la foule.

C'est quand même dingue que mon cerveau crée de telles hallucinations ! Je décide de ne pas y penser, j'en ai pris mon parti depuis des semaines.

Je suis certaine que quelque chose cloche chez moi, et je ne peux rien faire…

***

La journée passe super vite, et je n'ai pas l'occasion de croiser ma sœur. Nos horaires de travail sont plutôt incompatibles… C'est donc quand je rentre après le service du soir que je me hâte de récupérer son cadeau dans ma chambre.

Je suis tellement contente de pouvoir le lui offrir que je ne fais pas attention au fait qu'Éros est présent lui aussi. Je les rejoins dans le salon, et ils s'arrêtent de parler quand j'arrive.

C'est toute fière de moi que je tends le paquet à Daphné :

— C'est pour toi, petite sœur !

Mais son expression ne s'illumine pas comme je l'avais imaginé, en fait, c'est plutôt tout le contraire : elle semble à deux doigts de pleurer.

Mon attention passe de son visage à celui d'Éros, qui est tout aussi grave. Mon bras retombe le long de mon corps, mon paquet à la main.

— Qu'est-ce qui se passe ? insisté-je d'une voix blanche, anticipant le pire.

— Assieds-toi, Penny, répond Daphné.

Je secoue la tête :

— Dis-moi ce qu'il y a, Daph. Tu es malade ? Tu as des problèmes ?

Ma sœur secoue la tête :

— Non, je vais bien.

Éros est d'un naturel plutôt déconneur d'habitude, alors le voir si sérieux me fait redouter le pire… Je m'adresse à lui :

— Alors c'est toi qui as un souci ?

Il serre un peu la mâchoire et met quelques secondes à me répondre :

— C'est Andréas.

J'ai l'impression qu'on plante une lame dans mon cœur.

— Qu'est-ce qu'il a ? demandé-je d'une voix blanche.

— Il s'est passé… quelque chose, commence

Éros. Et il est dans un sale état.

Je n'ai pas besoin d'en entendre plus :

— Dans quel hôpital est-il ?

Éros et Daphné échangent un regard entendu.

— Où est-il ? répété-je.

— Il vaut mieux que tu ne le voies pas, répond Daphné.

— Ne me dis pas ce que je dois faire, Daph !

Je ne sais pas pourquoi je réagis aussi fortement à la mauvaise nouvelle d'Éros. N'ai-je pas dit à Levy qu'il n'y avait rien entre Andréas et moi ?

Ouais, ça c'est ce que t'aimerais croire…

Je secoue la tête et avance vers Éros :

— Emmène-moi le voir, s'il te plait.

Je vois l'hésitation passer sur son visage, mais je ne compte pas le laisser se défiler. Je veux être auprès d'Andréas. S'il a un problème grave, c'est là où je dois être.

— Tu ferais mieux de l'amener, dit Daphné en s'adressant à Éros. Elle ne te lâchera pas sinon.

Mais Éros secoue la tête :

— Je ne peux pas.

Ma sœur le considère et un éclair de compréhension passe dans son regard.

— Je vois… Je vais la déposer. Il est chez Levy, c'est ça ?

— Oui.

Daphné se lève et récupère son sac à main. Je pose son cadeau sur la table et rassemble mes affaires rapidement.

— On se rejoint là-bas, dit Éros avant de donner

un léger baiser à Daphné.

Il sort et je m'adresse à ma sœur :

— Pourquoi n'y allons-nous pas ensemble ?

Daphné me répond d'un ton évasif :

— Il doit faire un truc avant de nous rejoindre.

Nous quittons l'appartement toutes les deux, mais il n'y a aucune trace d'Éros dans le couloir. Il est super rapide comme mec !

Nous rejoignons la voiture de ma sœur, et je sens l'inquiétude croitre en moi. Qu'est-il arrivé à Andréas ? Dans quel état allons-nous le retrouver ?

Je tourne la tête pour observer le profil de ma sœur :

— Est-ce qu'il…

Je déglutis, incapable de terminer ma phrase, mais je crois que dans ce cas précis notre connexion de jumelles prend le relai car Daphné me répond :

— Il est en vie et je suis certaine qu'il va s'en tirer.

Le paysage défile derrière le parebrise, mais je ne fais pas attention à la ville. Mon regard est en quelque sorte tourné vers l'intérieur, en moi, plongé dans ce recoin sombre que j'évite d'explorer.

Si je ne veux aucune relation avec un homme, c'est justement pour ne pas avoir à affronter mes démons intérieurs. Pourtant, à cet instant, alors qu'Andréas est en danger, je suis prête à tout pour l'aider.

C'est peut-être ridicule de ma part d'imaginer

que je puisse faire quoi que ce soit pour lui, mais je ne supporterai pas de rester les bras croisés pendant qu'il souffre.

Lorsque Daphné se gare sur le campus de la UCLA, je me fais la réflexion que je ne fréquente pas trop les frères Cupidon, mais qu'en l'espace d'une semaine je suis allée chez Élon, et, maintenant, chez Levy.

Ma sœur sait où elle va, et Éros nous rejoint au pied de l'immeuble de son frère. Il prend la main de Daphné et le couple me précède à l'intérieur.

Je les suis, le cœur en berne et la peur se diffusant dans mes veines. Dans quel état vais-je trouver Andréas ?

CHAPITRE 10

ANDRÉAS

La fièvre qui a envahi mon corps semble refluer peu à peu, en tout cas, je me sens moins fébrile. Levy est penché au-dessus de moi, il vérifie mes constantes vitales à intervalles réguliers. Son air préoccupé ne me rassure pas.

— Pourquoi as-tu fait ça ? demande-t-il sur un ton de reproche.

— J'ai passé un marché avec le PDG de *For Labs*… Mais je ne savais pas que c'était un *oublié* quand j'y suis allé…

Mes propos ne sont pas très logiques, mais mon frère comprend tout :

— Avec un *oublié* ! Putain, Andy ! À quel moment tu t'es dit que c'était un bon plan ?

Mais je n'ai pas le temps de répondre car la porte de l'appartement s'ouvre sur Éros et Daphné, ils entrent et mon cœur bat un peu plus vite quand je vois que Penny les accompagne.

Le trio nous rejoint dans le salon, et je peux lire l'inquiétude sur son visage.

— Penny !

D'un mouvement instinctif, je me redresse, mais aussitôt le décor se met à tourner autour de moi et Levy est obligé de me rattraper pour ne pas que je m'effondre.

— Ne fais pas l'idiot, me morigène mon frère. Tu n'es pas en état de te lever pour l'instant.

Penny s'approche de moi, le visage livide, son regard chargé d'appréhension :

— Andy, est-ce que ça va ?

Elle s'assied à mes côtés, et je la dévisage comme si elle était la plus belle chose qu'il m'ait été donné de voir. Seulement ma vision commence à devenir floue juste avant de s'obscurcir.

J'ai vaguement l'impression de tomber, mais je n'en suis pas sûr. J'entends Penny, à défaut de la voir :

— Fais quelque chose, Levy ! Il va mal !

Je ne sais pas si mon frère obtempère, mais je ne suis de toute façon plus en état de bouger. J'ai l'impression de me dissocier de mon enveloppe charnelle, comme si mon âme en sortait. Pour autant, je suis enveloppé par d'épaisses ténèbres.

— Oh mon Dieu ! s'écrie Penny.

Cette fois, sa voix semble très éloignée et étouffée... Je fais ce que je peux pour m'y attacher, essayant de garder le contact avec ce qui m'entoure, mais la force qui m'attire vers le néant est plus puissante.

Et puis... je tombe.

Je reconnais cette sensation pour l'avoir vécue

lors de mon arrivée sur Terre. À la différence près, que cette fois, je sais très bien que je n'irai pas rejoindre les humains.

La perspective d'être éloigné de mes frères et de Penny me fend le cœur, peut-être au sens propre car je ressens une violente douleur là où mon organe devrait se trouver. Je perds pied, en proie à cette horrible sensation d'être compressé.

Qu'est-ce qui m'arrive ?

C'est ma dernière pensée cohérente avant de plonger dans le néant.

Une lumière puissante se diffuse à travers mes paupières. Je cligne des yeux, avant de lever la main pour me protéger, mais quoi que je fasse, la source lumineuse est trop puissante pour être atténuée par quoi que ce soit.

— *Andréas...*

Cette voix, ou plutôt ce souffle, m'est familier... Ou du moins, quelque chose en moi semble le reconnaitre, même si je n'arrive pas à mettre un nom dessus, ni même un visage.

J'ai juste l'étrange sensation que tout est pour le mieux, que rien ne pourrait être plus parfait. Je suis là où je dois être, à ma juste place.

Alors pourquoi une petite voix en moi est en train de sangloter ? Je suis partagé entre ce souffle puissant et lumineux et cette autre voix familière qui provoque une émotion si particulière en moi...

Mon âme est tiraillée entre deux pôles opposés et je ne sais pas comment faire pour décider de la direction à prendre. Mais finalement, le choix m'appartient-il vraiment ?

— *Mon fils...*

Le souffle chaud balaie mon front, et l'espace d'une nanoseconde, j'en oublie qu'il y a une autre voie, tout ce que je veux, c'est rejoindre la source.

Mais l'instant qui suit, une vague de douleur me traverse de part en part, c'est d'une violence inouïe, un choc qui me transperce et me soulève.

Le souffle s'éloigne de moi, à moins que ça ne soit moi qui m'en écarte ? Je ne sais plus.

— Andréas, s'il te plait, ne pars pas.

Le sanglot qui ponctue cette supplique me tord le cœur et la douleur qui me traversait s'éteint.

Les ténèbres reviennent avant de se dissiper peu à peu jusqu'à mettre à jour un visage...

— Penny.

Ma voix est rauque, étouffée, faible.

Les larmes roulent sur le visage de Penny, et je dois fournir un effort énorme pour poser ma paume contre sa joue.

— Il est revenu, dit Levy, mais c'était moins une. Je vais m'occuper de cet *oublié* une bonne fois pour toutes, et il regrettera d'avoir croisé la route des Cupidon.

C'est la première fois que j'entends Levy être si menaçant, lui qui est d'un naturel si gentil. Je détourne à regret le regard de celui de Penny, pour me concentrer sur mon frère.

— Non, croassé-je. Tu ne feras rien.

Caleb, que je n'avais pas remarqué jusque-là, se plante devant moi, la mine sombre :

— Si ce n'est pas Levy qui s'en occupe, ce sera moi. Hors de question qu'il puisse s'en prendre à toi de cette manière !

C'est alors que les souvenirs me reviennent... L'entrevue avec Driscoll et mon passage ensuite dans leur labo de recherche, la prise de sang qui s'est transformée en un prélèvement de plusieurs grosses poches. Ils en ont trop pris et m'ont presque laissé exsangue.

— Vous n'allez rien faire, ajouté-je d'une voix plus assurée. À moins que vous ne vouliez avoir la mort d'une petite fille sur la conscience.

Ma déclaration a au moins le mérite de les faire taire, mais ce n'est que temporaire car ils se mettent à parler tous en même temps.

— On ne peut pas le laisser faire ! s'insurge Éros.

— Je vais mener mon enquête, et crois-moi, s'il y a quelque chose à découvrir, je l'épinglerai, dit Caleb d'un ton menaçant.

Levy s'adresse à moi :

— Tu ne peux pas le laisser s'en tirer comme ça !

Quand le silence revient, c'est la voix de Penny qui nous surprend tous :

— Tu as fait un don du sang qui a mal tourné ?

Je me rends compte qu'elle ne devrait pas être ici, elle ne doit pas être mêlée à nos affaires. Elle ne connait même pas la vérité à propos de nous...

Je m'adresse alors à mes frères :

— Vous pouvez nous laisser seuls ?

Levy ne semble pas rassuré par cette idée.

— Je me sens mieux, l'assuré-je.

Quelques secondes plus tard, ils quittent tous le salon, et je me retrouve en tête à tête avec Penny. Tandis que j'étudie les traits fins de son visage, je mesure à quel point être près de moi la met en danger. Pour ce que j'en sais, des *oubliés* ou des *half heaven* pourraient s'en prendre à nous… Je ne supporterai pas que Penny soit un dommage collatéral.

Je la regarde dans les yeux :

— Merci d'être venue. Je vais bien.

Elle fronce les sourcils, d'un air pas convaincu.

— Comme tu l'as dit, Penny, il s'agissait d'un don du sang qui a mal tourné. Il n'y a pas de quoi t'inquiéter, et je suis médecin, donc tu peux me faire confiance sur le sujet.

Penny me dévisage un instant avant de détourner les yeux et de secouer la tête. Elle semble réfléchir intensément. Je sais bien que je devrais argumenter, mais je n'en ai pas la force, je me sens vidé.

— Okay, si tu m'assures que tout va bien, je te crois, dit-elle enfin.

Elle se lève.

— Je crois que je ferais mieux de rentrer chez moi, ajoute-t-elle.

— Bonsoir, Penny.

Elle baisse les yeux vers moi. Je n'ai même pas la force de me lever pour la raccompagner.

— Au revoir, Andréas.

Quelque chose se serre dans ma poitrine, c'est à peine moins douloureux que ce qui m'est arrivé tout à l'heure... Je suis en train de dire adieu à Penny, et elle n'en a même pas conscience. Peut-être que c'est mieux comme ça, de toute façon, elle me demande de la laisser tranquille depuis le début. Elle vient d'obtenir ce qu'elle voulait, sans même le savoir.

Lorsqu'elle passe le seuil de la porte, je m'autorise enfin à ressentir la douleur. Mon corps entier n'est qu'un vaste champ de bataille. Je suis tellement plongé dans ma souffrance que je remarque à peine Levy qui m'a rejoint.

— Hé, tu ne crois pas qu'on devrait aller à l'hôpital ? s'enquiert-il.

Je n'ai pas la force de hausser les épaules, c'est tout juste si je trouve assez d'énergie pour lui répondre :

— Pour leur dire quoi ? Je ne peux pas me montrer là-bas et risquer de subir des examens qui mettraient en péril notre existence...

Levy semble considérer la question, mais je ne lui en laisse pas le loisir :

— J'ai besoin de dormir.

Mon frère m'aide à regagner sa chambre d'amis. Je suis à peine allongé que je m'endors.

***

Le sommeil sans rêve dans lequel j'ai plongé m'a permis de me régénérer. En tout cas, c'est ce dont j'ai l'impression quand je me réveille.

Je quitte la chambre pour regagner la cuisine, et

je sursaute quand Levy me rejoint :

— Ah ! Tu es enfin levé !

Je jette un coup d'œil à l'horloge fixée au mur, elle indique huit heures du matin.

— Je vais être en retard pour le boulot ! m'écrié-je.

Levy me regarde bizarrement :

— Oui, tu as trois jours de retard, pour être précis.

J'en reste bouche bée. J'ai dormi si longtemps ? Mais le médecin en moi se reprend vite : pas étonnant que j'ai eu besoin de récupérer, on m'a prélevé beaucoup trop de sang au labo.

— J'ai appelé ton travail pour leur dire que tu ne te sentais pas bien, m'informe Levy. Apparemment, tu as des dizaines et des dizaines de jours de congés à prendre, donc ça n'a pas posé de problème.

Je bois un verre d'eau tout en réfléchissant. Je me sens bien mieux. Non, en fait, je me sens tout à fait rétabli.

— Penny est passée prendre de tes nouvelles, ajoute Levy.

Je m'apprêtais à reprendre un verre d'eau, mais mon geste reste en suspens. Il y a encore une semaine, j'aurais été heureux qu'elle s'inquiète pour moi, mais ce n'est plus le cas. Penny ne doit pas m'approcher. Et si j'avais été moins égoïste, je n'aurais pas cherché à l'approcher pour commencer. L'exemple de ce qui est arrivé à Priyanka et Sienna aurait dû m'ouvrir les yeux, mais je n'ai pas voulu voir l'évidence : ma nature angélique ne pourra lui apporter que des problèmes. Même si je suis un ange, j'ai bien conscience de ne pas pouvoir être sur tous les fronts : sauver mes patients tout en prenant soin de Penny.

J'ai déjà un engagement envers la médecine et l'humanité, je dois me consacrer à cette mission.

— Tu vas l'appeler ? demande mon frère.

Je secoue la tête et me sers le verre d'eau.

— Il vaut mieux qu'elle reste loin de moi.

Levy fronce les sourcils :

— Il n'y a pas si longtemps tu semblais complètement accro à elle, et maintenant tu ne veux plus en entendre parler ?

Mon frère est toujours super doué pour mettre les autres face à leurs contradictions, et cette fois, c'est moi qui en fais les frais.

— Ce n'est pas sûr pour elle, grommelé-je.

Ma réponse laconique montre que je n'ai pas du tout envie de m'étendre sur le sujet, mais Levy ne se laisse pas décourager pour si peu :

— Qu'est-ce qui te fait dire ça ?

— J'ai vraiment besoin de te rappeler ce qui est arrivé à Priyanka[2] et à Sienna[3] ?

Levy hoche la tête :

— Je peux comprendre.

J'attends le « mais » qui devrait suivre, pourtant Levy ne dit rien de plus. Et c'est mieux comme ça, j'ai déjà le moral en berne et le cœur en vrac, parce que cette décision n'a pas été facile à prendre. C'est une évidence qui s'est imposée à moi : je dois protéger Penny. Si ça implique de ne plus l'approcher, alors c'est ce que je ferai.

CHAPITRE 11

PENNY

Quelques jours sont passés depuis la soirée dans l'appartement de Levy, mais le visage blême d'Andréas ne quitte pas mes pensées. Le voir dans cet état de faiblesse a remué quelque chose en moi, au point d'en faire des cauchemars.

— Tout va bien, Pen ?

Je relève la tête vers Daphné. Ma sœur me fixe, une lueur inquiète au fond des yeux.

Je hausse les épaules :

— Je suis fatiguée, c'est tout.

Daphné s'installe de l'autre côté de la table à laquelle je me suis installée pour prendre le petit déjeuner. Je fais tourner ma cuillère dans mon bol de lait, alors même qu'il n'y a rien à mélanger, je n'ai mis ni sucre ni céréales.

Ma sœur n'est pas dupe :

— Moi je crois que l'incident d'Andréas t'a plus touchée que tu ne veux le faire croire.

— Il va bien, c'est tout ce qui compte.

Mais quelque part au fond de moi, j'aurais aimé

avoir de ses nouvelles. Je sais grâce à Daphné qu'Andréas est de nouveau sur pied, pourtant il ne m'a pas contactée. Lui qui passait son temps à venir me voir, ou à essayer de m'appeler, il semble m'avoir complètement oubliée.

Quelque chose s'insurge dans ma poitrine, mais je fais taire cette partie de moi. Je ne peux pas en vouloir à Andréas, après tout, il n'a fait qu'obéir à ma demande de ne plus m'approcher…

— Tu n'admettras jamais qu'il compte pour toi, pas vrai ? demande Daphné.

Je secoue la tête et me résous à verser des céréales dans mon bol. Je me dis qu'il vaut mieux que j'ai la bouche pleine, avant que ma sœur ne m'arrache des aveux que je ne suis pas prête à faire.

— Tu mérites d'être aimée et d'avoir quelqu'un à tes côtés, Pen.

Les larmes envahissent mes yeux et je baisse la tête vers les petits ronds qui parsèment le lait dans mon bol.

Je réponds d'une voix éteinte :

— Et si je ne l'étais pas, justement ?

— N'importe quoi ! C'est la chose la plus stupide que tu ne m'aies jamais dite ! s'insurge ma sœur.

Je lève les yeux vers elle, Daphné semble sur le point de bouillir sous l'effet de la colère :

— Qu'est-ce qui te prend de dire des choses comme ça ?

Daphné ne me connait pas autant qu'elle le pense, elle ne sait pas ce qui m'est arrivé avant qu'elle ne me rejoigne à Los Angeles… Et je ne suis toujours pas prête à le lui avouer. D'ailleurs, je doute d'en être capable un jour.

Il n'empêche que mes démons internes ne me quittent jamais, rejouant la scène de cette fois-là… Ce jour maudit où j'ai suivi Riley.

Je secoue la tête pour chasser les souvenirs qui menacent de me submerger, mais c'est peine perdue : mon inconscient refuse de gérer tous mes problèmes en même temps et il les rejette dans la partie consciente de mon cerveau. J'ai l'impression de ne plus avoir de zone de repli pour me protéger de mon passé.

Et ce n'est pas ce qui m'arrive chaque jour qui m'y aidera : j'ai toujours des hallucinations. Comme quand mon cerveau persiste à affubler les Cupidon d'une paire d'ailes. Mais ça ne s'arrête pas là… J'ai aussi vu d'autres hommes en ville, avec des ailes noires cette fois. Je ne sais pas ce qui provoque ce phénomène. Pourquoi mon cerveau attribue-t-il ce genre « d'accessoires » à certaines personnes plutôt qu'à d'autres ?

J'en arrive toujours à la même conclusion : il y a quelque chose qui cloche chez moi. Même si je suis certaine de ce que j'avance, je ne suis pour autant pas prête à faire intervenir le corps médical pour chercher les causes de ces phénomènes. J'ai bien trop peur de ce qu'il pourrait en ressortir. Alors je repousse ce problème le plus loin possible…

Il semblerait que je ne puisse pas le repousser éternellement car je fais d'horribles cauchemars depuis quelques nuits : je revis les évènements qui m'ont conduite à cet état. Et le moins que l'on puisse dire, c'est que ce n'est pas du tout agréable.

Mon silence ne calme pas Daphné qui est remontée :

— Tu es une belle personne, Penny. Et je ne dis pas ça parce que tu es ma sœur jumelle et que je t'aime, je te le dis parce que c'est la vérité. Je ne vois pas pourquoi tu n'aurais pas droit à ta part de bonheur toi aussi.

— Pour toi bonheur est synonyme de couple, mais peut-être pas pour moi. Y as-tu déjà pensé ?

Daphné me dévisage longuement, je peux presque l'entendre réfléchir, mais je la connais bien, et je sais que ça ne suffira pas à la dissuader de me parler d'Andréas.

Lorsqu'elle me répond, elle a un air assuré :

— Je ne sais pas ce que tu as, mais crois-moi, tu es digne d'être aimée. Je comprendrais que tu n'éprouves rien pour Andréas… Sauf que tout dans ton attitude laisse croire le contraire.

— Quoi ? Je ne t'ai jamais parlé de lui !

— Justement, c'est bien une preuve qu'il te plait. Je te connais trop pour que tu m'embrouilles. Et puis, comment expliques-tu ton inquiétude depuis l'autre soir ?

Je hausse les épaules :

— Andréas est un ami, je me préoccupe de sa santé.

— Ouais, c'est ça. Tu peux mentir au monde entier, toi y compris, mais moi je lis en toi, Pen.

Je décide que cette conversation a assez duré et

me lève. Je jette le contenu de mon bol auquel je n'ai finalement pas touché. Debout devant l'évier, je tourne le dos à ma sœur, et c'est aussi bien : elle ne peut pas voir les larmes qui roulent sur mes joues. Je les essuie d'un geste rageur avant de quitter la cuisine.

Mais sitôt arrivée dans ma chambre, j'ai l'impression d'étouffer. J'ai besoin de me changer les idées.

C'est ainsi que je me rends à la plage. Moi qui évite à tout prix de venir ici parce que je n'aime pas les bains de foule, je suis surprise de constater qu'il n'y pas tant de monde que ça.

Je ne sais pas ce qui m'a poussée à venir ici, je n'aime même pas la plage ! Mais j'avais besoin de m'oxygéner et de penser à autre chose. C'est mon jour de repos, et je me prends à regretter de ne pas travailler… Au moins, pendant que je suis en cuisine, je ne pense à rien si ce n'est aux tâches que je dois accomplir.

Je retire ma robe et m'installe sur une serviette que je viens de placer sur le sable, mais très vite, l'ennui me rattrape. Quoi que je fasse, mes pensées me ramènent à mon passé ou à Andréas. Dans un cas, comme dans l'autre, je ne suis pas en paix.

Il faut que je me ressaisisse et que j'arrête de m'appesantir sur des choses qui n'existent pas, ou plus. Mais c'est comme prononcer un mot devant quelqu'un et lui demander de ne plus y penser : instinctivement mes pensées retournent vers ces zones interdites.

Quelques minutes seulement après être arrivée, je replie mes affaires et quitte la plage.

Je ne suis pas du genre à fuir les problèmes (bon, peut-être juste celui qui me fait voir des ailes…), alors je prends la décision d'affronter l'un des deux pour le sortir de ma tête : je vais aller voir Andréas.

***

Quand j'arrive devant la porte de l'appartement de Levy, mon courage faiblit un peu. Je ne suis même pas sûre qu'Andréas soit ici, mais en fait, je ne sais pas où il habite… Quitte à être venue jusqu'ici, autant aller au bout.

Je prends une grande inspiration avant de frapper à la porte. Le battant s'ouvre presque tout de suite, et c'est Andréas qui se tient devant moi.

Son regard se pose sur mon visage avant de glisser sur mon corps.

— Bonjour, Penny.

Sa belle voix grave provoque une envolée de frissons sur ma peau. Je préfère mettre cette réaction sur le compte de la différence de température entre l'extérieur et l'intérieur.

Je ne me démonte pas et demande :

— Je peux entrer ?

Une expression un peu gênée passe sur son visage, il semble hésiter, mais je ne lui laisse pas le choix et me faufile dans l'appartement :

— Il faut qu'on parle.

Andréas occupe presque tout l'espace et nos

deux corps se frôlent quand je passe près de lui. L'électricité crépite dans mon ventre, mais je l'ignore. Je ne suis pas là pour ça !

Je m'avance dans le salon tout en sachant que mon attitude est un peu impolie, mais tant pis.

Andréas me suit, il reste à une distance raisonnable et je n'arrive pas à trouver la force de le regarder en face. J'ai l'impression que mon courage fond de seconde en seconde.

— De quoi veux-tu parler ?

Sa voix provoque à nouveau cette réaction sur ma peau, et je déglutis. Je pose mon sac sur le sol avant de me tourner vers Andréas. Sa beauté me frappe en plein cœur et j'en perds le fil de mes pensées. Comment pourrais-je avoir un raisonnement cohérent quand il se tient là, aussi beau qu'un dieu grec ?

— Je voulais prendre de tes nouvelles… Je suis contente de voir que tu vas mieux.

Il fronce un peu les sourcils, et je sens qu'il n'est pas dupe. Mais il a au moins la bonne idée de ne pas me faire remarquer que je m'enferre dans une demi-vérité.

Allez, Penny ! T'es capable de faire mieux que ça !

Quelque chose lâche en moi, une barrière ou une défense, je ne sais pas, mais la peur que j'ai ressentie alors qu'Andréas était au plus mal l'autre soir rejaillit.

— Je ne supporterais pas qu'il t'arrive quelque chose, soufflé-je.

Les larmes me montent aux yeux, et je prends

une grande inspiration pour les faire refluer.

Pourquoi suis-je aussi compliquée ? Pourquoi la situation est-elle aussi floue ? J'aimerais être comme Daphné : prête à accueillir l'amour, mais force est de constater que je ne le suis pas. J'en suis même très loin.

J'ignore les ailes d'Andréas dans son dos, pour me concentrer sur son visage, et ses yeux bleus. Il a la mâchoire serrée, les bras croisés sur son torse dans une attitude défensive que je ne comprends pas et qui me blesse un peu.

— Je vais bien, dit-il simplement. Je suis désolé que tu te sois inquiétée, mais maintenant tout est rentré dans l'ordre.

Je ne peux pas faire autre chose que le fixer, dans l'attente de quelque chose qui ne vient pas. Sans doute parce qu'aucun de nous deux n'est prêt à lâcher. Pourtant, Andréas a souvent fait le premier pas vers moi. Trop souvent, peut-être ? Et s'il s'était détourné de moi pour de bon, comme je le lui ai demandé ?

Quelque chose craque en moi : je m'élance vers lui. Les bras d'Andréas s'ouvrent pour m'accueillir et je me dresse sur la pointe des pieds pour poser mes lèvres sur les siennes.

Notre baiser est enflammé, plus intense que ceux que nous avons déjà échangés par le passé.

CHAPITRE 12

ANDRÉAS

Il aura suffi que Penny vienne me voir pour que mes résolutions vacillent. Je suis pourtant convaincu que je dois la protéger de moi et de mon environnement, mais quand elle m'embrasse comme elle le fait à cet instant, je n'ai plus aucune volonté.

Je la soulève et ses jambes s'enroulent autour de ma taille. Elle est aussi légère qu'une plume... Je la conduis jusqu'à la chambre d'amis de Levy que je squatte depuis l'incident avec *For Labs*.

Une petite voix en moi me dit que je suis en train de faire une erreur, mais je la fais taire.

Les lèvres de Penny sont douces contre les miennes et je n'attends pas pour explorer sa bouche. Je la goute et la savoure. Un petit grognement de satisfaction s'échappe de ma gorge. Je crois que je n'ai plus aucun contrôle sur mon corps qui s'anime tout seul au contact de celui de Penny.

Je la dépose sur le lit, et l'admire un instant. Sa robe remonte un peu sur sa jambe, dévoilant sa peau, sa poitrine monte et descend à un rythme rapide, ses yeux brillent sous l'effet du désir et ses lèvres sont un peu rouges. Elle est tout simplement magnifique.

Je m'attends à ce qu'elle impose des limites, ou qu'elle me dise d'arrêter, mais elle ne le fait pas. À genoux entre ses jambes, je meurs d'envie de repousser le tissu de sa robe pour plonger vers son sexe, mais je me retiens.

Je veux profiter de cette étreinte comme si c'était la dernière que nous partagions. Pour autant que je sache, c'est peut-être le cas… Si je suis honnête avec moi-même, nous ne devrions pas faire ça, mais je ne peux pas arrêter. Il faudra que Penny me stoppe.

Comme elle ne le fait pas, je pose les mains sur ses genoux avant de remonter lentement vers le haut de ses cuisses. Sa peau douce se couvre de chair de poule, et Penny déglutit. Nos regards sont soudés, je suis attentif à chacune de ses réactions, je m'en nourris.

Mon désir tend mon pantalon, et Penny en est parfaitement consciente.

Quand sa robe est assez remontée pour découvrir son bas de maillot, alors je me penche et dépose un baiser à l'intérieur de sa cuisse. J'entends son souffle s'accélérer tandis que je progresse vers son intimité.

J'ai l'impression de devenir complètement fou à mesure que l'objet de mon désir s'approche… Je lui retire son bas de maillot avant de l'admirer quelques secondes.

Les mains de Penny se posent sur mes épaules pour m'attirer à elle. Je la rejoins pour lui donner un profond baiser qui nous laisse tous les deux à bout de souffle.

Nous ne parlons pas, sans doute conscients que le moindre mot échangé pourrait rompre la magie de l'instant. Je prends possession de la bouche de Penny, jouant avec sa langue un long moment, puis je dépose une ligne de baisers dans son cou, sur sa poitrine.

Je joue avec les pointes de ses seins à travers le tissu de sa robe et de son maillot. Je sais que cela l'excite autant que ça la frustre, mais je m'en amuse.

Elle s'en rend compte, car tout à coup sa main se pose contre mon pantalon. Penny s'empare de mon érection à travers mon vêtement, et c'est à mon tour d'expérimenter la frustration.

Ma main remonte le long de sa cuisse, et cette fois, je ne m'arrête pas avant d'être en elle. Sa chaleur et sa moiteur menacent de me rendre complètement dingue. Sans le libérer, j'embrasse un de ses tétons.

J'ai l'impression que notre étreinte est à l'image de notre relation depuis que je l'ai rencontrée : un mélange de provocation et de frustration. C'est dingue ce qu'elle me plait. J'ai beau me dire que je dois rester loin d'elle, je suis fou de Penny.

Elle dénoue sa robe et la retire, tout comme son haut de maillot, pendant que je me déshabille et passe un préservatif. Quand je la rejoins, nous

nous regardons dans les yeux et je me perds en elle.

— Viens, souffle-t-elle en exerçant une pression sur mon bassin.

Alors je m'enfouis en elle, et le plaisir envahit mon ventre à mesure que mes mouvements s'accélèrent.

***

Le souffle de Penny est apaisé. Je la regarde pendant qu'elle dort et je ne peux pas faire autrement que de m'en vouloir. Je suis fort, j'aurais dû garder mon self-control et nous empêcher de commettre ce genre d'erreur…

Penny aurait toutes les raisons de m'en vouloir. J'aurais dû maitriser mes pulsions... Mais comment pourrais-je dire non quand elle s'offre à moi ? Je crois que j'ai Penny dans la peau.

Ce constat me laisse abasourdi. Je la veux depuis que je l'ai rencontrée dans cette chambre d'hôpital… Mais je devrais être plus intelligent, dépasser cette envie animale. Penny mérite mieux qu'un ange déchu qui ne sait pas où il sera dans quelques semaines. Je suis tout à fait conscient de ce que je fais, je sais aussi que ce n'est pas bien pour nous, mais je n'arrive pas à m'arrêter.

Mes frères parlent d'âme-sœur, et j'ai la quasi-certitude que Penny est la mienne. Mais même si elle est cette partie manquante de mon âme, dois-je pour autant la mettre en danger ?

Je repense à Driscoll et à son aura maléfique que

j'ai perçue pendant notre entretien dans son bureau au sommet du building. Que ferait-il s'il avait un moyen de pression sur moi ? Enfin, un moyen supplémentaire ? Parce que la vie de Zita est déjà une arme que je lui ai moi-même fournie.

J'ai appelé mon interne, Zion, et je sais que Driscoll a tenu parole : Zita fait maintenant partie des essais clinique. Mais j'ai une sorte d'intuition qui me fait dire qu'il n'en restera pas là… Déjà dans les sous-sols du labo, on m'a ponctionné bien trop de sang, me laissant à la limite de la mort.

Que vont-ils faire de mon sang ? Je suis taraudé par la culpabilité. Les *oubliés* ont déjà créé une drogue à base de leur propre sang, et ils ont rendu accros beaucoup d'humains, au point de les conduire à leur mort. Quel genre de médicament pourront-ils créer avec mon sang ? Il est peut-être possible de fabriquer un remède à des tas de maladies, du moins, c'est ce que j'ai conclu de l'expérience de Caleb et Priyanka…

— À quoi tu penses ?

La voix de Penny me tire de mes pensées. Elle me dévisage, l'air grave, sans sourire.

J'opte pour une réponse à mi-chemin entre la vérité et le mensonge :

— Au boulot.

Ce n'est pas totalement faux, mais ce n'est pas l'exacte vérité non plus.

Penny me demande :

— Tu regrettes ?

Je fronce les sourcils, pas certain de comprendre

le sens de sa question.

— Ce qu'on vient de faire, précise-t-elle.

Je passe la main sur sa joue puis dans son cou. Je sens déjà l'envie d'elle renaitre au bas de mes reins… Mais je me retiens.

— Non, je ne regrette pas.

Elle scrute mon visage comme pour essayer de déterminer si je dis la vérité.

— Mais il ne faut pas que nous recommencions, ajouté-je. Je ne veux pas te blesser, Penny.

Elle fronce les sourcils :

— Je suis une grande fille, et je sais ce que je fais. Et puis, qui dit que ça ne serait pas l'inverse ?

— Rien de ce que tu pourrais faire ne pourrait me blesser, contré-je.

Je me rends compte que mes mots ne sont pas sortis de la bonne manière, et je précise le fond de ma pensée :

— Je tiens à toi, Penny, et je peux tout accepter venant de toi.

Elle cligne plusieurs fois des yeux, et soudain, elle se redresse et quitte le lit. Elle récupère ses affaires et se rhabille. J'assiste à ce spectacle, impuissant, et un peu perdu aussi.

— Penny ?

Elle ne se retourne même pas vers moi, et je comprends que j'ai fait quelque chose de travers. Je ne sais juste pas quoi.

— Parle-moi, ajouté-je.

Penny fait volteface et son regard empli de colère se fixe dans le mien :

— Tu passes ton temps à souffler le chaud et le froid, Andy.

Je me lève, et c'est totalement nu que je me tiens devant elle. Le regard de Penny se perd sur mon corps avant qu'elle ne détourne les yeux. Je perçois son trouble, et je ne suis pas insensible à sa présence moi non plus, mais je fais un effort pour ne pas laisser libre cours à mon désir.

— Je ne veux pas interférer dans ta vie, ce ne serait pas juste, expliqué-je.

Mais plus je parle, et plus j'ai l'impression de me perdre.

— Qui te dit que ça n'est pas moi qui interfère avec la tienne ? lance-t-elle à brule-pourpoint. Et puis, on a juste couché ensemble une fois.

Je la corrige :

— Deux fois.

Si Penny a oublié notre première nuit ensemble, c'est loin d'être mon cas. Je me rappelle chaque seconde passée près d'elle, de chacun de ses soupirs, du gout de ses larmes sur mes lèvres, oui, je me souviens de tout.

— Peu importe le nombre de fois où nous l'avons fait ! réplique-t-elle. Ce que je veux dire, c'est qu'on a juste couché ensemble. On a pris du bon temps. Peut-être qu'il faudrait veiller à ne pas mal interpréter ce que nous vivons.

Cette fois, je suis perplexe. J'ai du mal à la suivre dans son raisonnement. Elle continue sur sa lancée :

— Est-ce qu'on ne peut pas remettre les choses à

leur juste place ? On a partagé du sexe, c'est tout.

C'est ce qu'elle s'imagine ? Que nous pouvons dissocier le sexe des sentiments ? Une partie de moi est tentée de se laisser convaincre par cette vision. Ce serait tellement plus simple…

— Donc je ne vois pas l'intérêt d'épiloguer pendant des heures, Andréas.

Je baisse les yeux vers elle. Son visage est tendu, mais n'en reste pas moins magnifique. Je m'assure de bien la suivre :

— C'était que du sexe entre nous ?

Elle hoche la tête, l'air convaincu.

— Okay, lâché-je.

— Okay.

Elle achève de nouer sa robe dans son cou, et je ne pense plus qu'à la lui retirer à nouveau.

Bordel, Andréas ! Tu peux arrêter de penser avec ta queue une minute !

Mais c'est plus facile à dire qu'à faire quand il s'agit de Penny…

— Donc on fait quoi maintenant ? demandé-je. On est censés ne jamais avoir couché ensemble ? Est-ce qu'on continue de se parler ou bien faut-il s'ignorer ?

Elle semble réfléchir un instant avant de hausser les épaules.

— On reste cools.

Je hausse un sourcil, perdu par le tour que prend cette conversation.

Penny se hausse sur la pointe des pieds et dépose un baiser sur ma bouche et je lutte contre l'envie de la prendre dans mes bras pour la reconduire jusqu'au lit.

Je la retiens par la main quand elle s'apprête à quitter la chambre. Nos regards se trouvent, et je tire sur son bras pour la rapprocher de moi. Tout en la fixant droit dans les yeux, je penche la tête vers elle et m'empare de ses lèvres pour lui donner un profond baiser.

Quand elle s'écarte de moi, je remarque qu'elle respire plus vite, et je me sens fier de moi.

— À bientôt, Andréas, souffle-t-elle avant de partir.

CHAPITRE 13

PENNY

Je suis une idiote ! Une double, non, une triple idiote ! Il n'y a pas d'autre terme pour désigner ma conduite. Je ne voulais plus qu'Andréas m'approche, et maintenant c'est moi qui vais carrément le voir ?

Le lendemain de ma visite chez Levy, je suis au travail en train de préparer le service du soir. Je suis perdue dans mes pensées et dans les souvenirs qui persistent à me hanter. Mais rien d'étonnant quand on considère que tous les nouveaux souvenirs que je me crée sont plus sulfureux que les précédents…

Un soupir s'échappe de ma gorge, et je capte un mouvement en périphérie de mon champ de vision : Niall m'observe. A-t-il compris que quelque chose ne va pas chez moi ? Impossible à dire.

— As-tu terminé d'éplucher les carottes ? lui demandé-je.

— Ouais, grommèle-t-il. Mais on t'a jamais dit qu'on pouvait acheter des carottes déjà râpées ? Ça m'éviterait de me faire des ampoules…

Il me montre son pouce où est posé un pansement. Je lui réponds :

— J'y penserai pour les prochains approvisionnements, mais là on doit faire avec ce que le cuistot précédent avait commandé.

Niall a une moue étrange, mais il continue sa tâche sans plus se plaindre. C'est dingue ce qu'il a changé en quelques jours de travail. Il n'est plus le gamin qui se plaint pour un rien, désabusé et désœuvré. Sans aller jusqu'à dire qu'il est heureux, je le trouve… mieux.

— Quand est-ce que je pourrai prendre un truc dans le garde-manger ? demande-t-il soudain. La semaine prochaine, c'est possible ?

Je mets plusieurs plats à gratin dans le four avant de me tourner vers lui.

— Oui. As-tu déjà une idée de ce que tu voudrais ?

Je suis curieuse de savoir ce qui lui tient autant à cœur pour avoir accepté de travailler avec moi, mais à voir son visage un peu rougi par l'embarras, je crois qu'il ne me donnera pas la vraie raison de sa présence ici.

Il secoue la tête en marmonnant une réponse quasi inintelligible :

— Des œufs… du sucre…

— Tu peux être encore moins clair ? Parle plus fort, Niall.

Je me retourne vers le grand évier en inox pour m'occuper de la vaisselle, et aussi pour permettre à mon apprenti commis de me dévoiler le fond de sa pensée.

— En fait, je voudrais faire un gâteau.

— C'est une super idée ! Tu as une recette en tête ?

Mais seul le silence me répond, alors je jette un coup d'œil par-dessus mon épaule. Niall est concentré sur les légumes qu'il épluche, mais je sens bien que c'est pour éviter que je ne voie son visage.

— Niall ?

Il finit par secouer la tête avant de me demander :

— Si j'accepte de t'aider plus longtemps en cuisine, tu pourras m'aider à faire un gâteau ?

J'en reste bouche bée. J'essuie mes mains sur mon tablier et rejoins Niall.

— Attends, on parle de quel genre de pâtisserie ?

Il me lance un coup d'œil, puis il semble s'animer. Il sort son téléphone de la poche arrière de son pantalon, et je n'ai pas le temps de lui rappeler les règles d'hygiène qu'il me dit :

— Je me laverai les mains avant de recommencer à travailler.

Je hoche la tête, tout en essayant de ne pas montrer à quel point je suis satisfaite qu'il intègre les règles de fonctionnement de ma cuisine.

Niall pianote sur son téléphone, puis ouvre une application et enfin, il me montre la photo d'une pâtisserie magnifique, mais visiblement l'œuvre d'un *cake designer* renommé.

— Wow ! Tu comptes te rendre à un mariage ou

quoi ?

Niall pique un fard, mais je le rassure tout de suite :

— On devrait pouvoir faire quelque chose de sympa, mais peut-être pas aussi travaillé que ce gâteau-là.

Niall semble soulagé.

— Tu comptes me dire pour qui tu veux faire ce genre d'œuvre culinaire ?

Il secoue la tête :

— Si tu veux pas m'aider tant pis. Je suis sûr de me débrouiller avec un tuto…

— Minute papillon ! Je ne t'ai pas dit non. Je t'aiderai.

Je comprends qu'il ne veut pas se confier à moi, et c'est son droit, mais j'avoue qu'il a piqué ma curiosité…

Nous terminons de préparer le repas, puis nous quittons la cuisine.

— À demain, lance Niall avant de s'éclipser.

Je n'ai même pas le temps de le saluer en retour qu'il a déjà disparu à l'angle du couloir. Je me dirige vers la sortie quand Tarn m'interpelle :

— Bonsoir, Penny.

Il a un large sourire avenant, comme tant de fois depuis que je l'ai rencontré, je me dis que cet homme est vraiment gentil et attachant.

— Salut, Tarn.

Il s'avance vers moi :

— Tu fais des miracles avec Niall, si tu continues comme ça, je vais finir par t'embaucher pour faire partie du staff.

Je hausse les épaules :

— C'est un gamin sympa, et il percute vite. Il est doué en cuisine, il pourrait en faire son métier s'il le voulait.

Une petite lueur passe dans les yeux du directeur :

— Vraiment ? C'est intéressant… Tu sais, le plus dur pour les gamins qui grandissent ici, c'est de se faire une place dans la société. J'imagine que n'ayant pas eu de famille, au sens classique du terme, il est plus difficile pour eux de se positionner à l'extérieur de ces murs. Mais trouver une orientation professionnelle est ce qui aide à coup sûr. Ce serait bien que Niall continue dans cette voie… Comment as-tu réussi à le convaincre de t'aider ?

— Disons que nous avons passé un marché tous les deux.

Les sourcils de Tarn s'envolent sous l'effet de l'étonnement, et je précise :

— En échange de son aide en cuisine, je lui ai assuré qu'il pourrait prendre certaines choses dans le garde-manger…

— Il ne s'agit pas d'alcool au moins ? s'exclame Tarn.

J'éclate de rire.

— Non ! Pas du tout.

— Bien, bien… Alors si tout est légal, je suis d'accord.

Je repense au gâteau que Niall veut préparer, et j'ai une idée :

— Est-ce que tu aurais du matériel pour pâtisser ? Ou du budget pour en acheter ?

Une ombre passe sur le visage de Tarn :

— Hélas, non. Il te faudrait quoi ?

— Je n'ai pas une liste précise, mais au minimum : une poche à douilles avec des douilles pour décorer.

— Je devrais pouvoir trouver ça.

Nous échangeons encore quelques mots, puis je quitte Sainte Mary. Je m'apprête à traverser le parking, quand une silhouette féminine me rejoint :

— Penny !

Je dévisage Priyanka, surprise de la voir ici. Pourtant je sais qu'elle vit dans un studio au fond de la cour de l'orphelinat, mais je ne l'ai plus vue depuis la fête chez Élon.

— Tu viens avec moi ? demande-t-elle.

Face à ma mine perplexe, la petite amie de Caleb précise :

— À la plage.

Voyant que je ne percute toujours pas, elle pousse un soupir :

— Allez, amène-toi. Y aura ta sœur, et tu pourras rentrer avec elle ensuite.

Sans même attendre ma réponse, Priyanka se dirige vers une voiture garée sur le parking. J'hésite un instant, mais la perspective de rentrer en transports en commun ne me tente pas tellement, alors je me dirige vers la voiture de Priyanka.

***

Le trajet s'est passé dans un silence relatif. Il semblerait que Priyanka apprécie aussi peu les gens que moi, mais pour une raison que je ne comprends pas vraiment, je pense que j'aime bien sa présence. C'est facile d'être avec elle, et son côté cash me plait bien.

Lorsqu'elle se gare près d'une plage, je me demande ce qui nous attend, mais je la suis sans discuter. Priyanka semble savoir où elle va, et nous rejoignons un groupe. Je reconnais, sans surprise, la fratrie Cupidon au complet. Chaque frère est accompagné de sa moitié, sauf Levy et Andréas.

Ma sœur me saute dessus sitôt qu'elle me voit :

— Pen ! C'est cool que tu sois venue !

Elle tient un verre à la main, et je suspecte que son contenu est alcoolisé... Daphné me donne une brève accolade et me glisse :

— Sois gentille avec Andy, okay ?

Je n'ai pas le temps de répondre qu'elle s'écarte déjà et rejoint Éros. Ce dernier glisse son bras autour de sa taille pour la serrer contre lui.

Ça pourrait être comme ça entre Andy et toi, si tu le voulais bien...

Je secoue la tête pour chasser cette pensée importune. Levy s'avance et me propose un hotdog que j'accepte. Je mords dans le pain tandis qu'il s'installe à côté de moi sur un morceau de bois flotté échoué sur la plage. Je retire mes sandales et plonge mes pieds dans le sable fin.

Les yeux rivés au feu de camp qu'ils ont allumé,

je tente de ne pas fixer Andréas qui est de l'autre côté, mais c'est difficile quand sa présence a la force d'un aimant pour moi...

— Comment tu te sens ? demande Levy.

Je tourne la tête vers lui. Il m'offre une distraction bienvenue pour éviter de penser ou de reluquer son frère. J'avale ma bouchée avant de répondre :

— Bien. J'ai eu une longue journée au travail, mais ça me fait du bien d'être occupée.

Une petite lueur taquine passe sur le visage de Levy :

— Je connais une personne qui pourrait te maintenir occupée...

Ma voix est un peu revêche quand je lui réponds :

— À quoi tu joues ?

— À rien. Je plaisantais, c'est tout.

— Eh bien, ce n'était pas drôle, et tu peux arrêter avec tes sous-entendus.

Je suis sèche avec lui, sans doute qu'il ne le mérite pas, mais j'ai déjà du mal à avoir un comportement cohérent quand il s'agit d'Andréas, alors je préfèrerais qu'on évite de remuer le couteau dans la plaie.

Levy ne se laisse pas dissuader pour autant :

— C'est juste que tu l'apprécies, et c'est réciproque...

— Ce ne sont pas tes affaires, Levy.

Je me lève et m'éloigne du groupe où les conversations vont bon train. Tout le monde rit et s'amuse, mais moi je me sens en décalage et je commence à regretter d'être venue. J'en ai marre d'être témoin du bonheur des autres alors que moi je n'y ai pas droit. Je ne dis pas que c'est injuste, simplement que je ne peux pas toujours le supporter. Et ce soir, je ne me sens pas de taille à être témoin de leurs moments de complicité. C'est trop pour moi.

Tandis que je marche en direction de l'océan, j'essaie de me concentrer sur le bruit du ressac et d'occulter les rires qui fusent de temps en temps derrière moi.

Je sais que ma réaction est disproportionnée, épidermique même, mais il n'en reste pas moins que j'ai vraiment du mal à être témoin de leurs relations de couple.

— Penny ! Attends !

Je n'ai pas besoin de me retourner pour reconnaitre la voix d'Andréas, mais je ne ralentis pas pour autant. J'ai besoin de m'isoler.

J'avance d'un pas décidé, mais de toute évidence, Andréas l'est tout autant que moi car il me rejoint. Il saisit mon bras et me force à lui faire face :

— Penny, qu'est-ce qu'il y a ?

Je garde les yeux rivés sur l'océan pour ne pas voir le visage d'Andréas. Je sais que j'aurais trop de mal à résister si je le regardais…

— C'est à cause de l'autre fois ? demande-t-il.

Je prends sur moi pour lui répondre, consciente qu'il ne me laissera pas tranquille tant que je ne l'aurai pas fait :

— Non, il n'y a rien, tout va bien.

— Tu dis ça, mais je sens bien que ce n'est pas vrai.

Il s'inquiète pour moi, mais je ne lui ai rien demandé, l'amertume et la colère que je ressens ont besoin de sortir :

— Qu'est-ce que ça peut te faire ?

Andréas relâche sa prise sur mon bras et il recule d'un pas. Je ne sais pas si j'en suis soulagée ou déçue…

Il va falloir choisir, Penny, tu ne peux pas passer ton temps à retourner ta veste chaque fois que tu vois Andréas.

J'ai un petit rictus amer. Je ne sais pas ce que je veux, ou plutôt si, je veux deux choses opposées : être avec Andréas et ne pas l'être.

Ce dernier a une voix douce quand il s'adresse à moi, on pourrait croire qu'il cherche à calmer une personne en plein délire :

— Tu sais que tu peux me parler, Penny. Je suis là pour toi.

— Eh bien, peut-être que ce que je veux, c'est que tu ne le sois pas, justement !

Sur ces paroles, je le contourne et me dirige droit vers l'océan. Je ne prends même pas la peine de retirer mes vêtements avant d'entrer dans l'eau.

Bravo, Penny, quelle attitude pleine de maturité !

Pour faire taire la voix de ma conscience, autant que pour me rafraichir, je plonge dans l'eau. Une fois sous les flots, je me laisse porter par l'eau salée qui me ramène à la surface. Je bascule sur le dos pour observer le ciel étoilé, mes oreilles sous le niveau de l'eau, j'entends le bruit sourd des vagues.

Je n'ai jamais été attirée par l'océan, il ne me fait pas peur non plus. Je me laisse bercer par le ressac, les yeux rivés sur le firmament. J'aimerais connaitre le nom des constellations, peut-être qu'alors je pourrais me raconter des histoires tout en les observant…

Je ne sais pas combien de temps je me laisse porter par les flots, mais quand je décide de regagner la plage, je me rends compte que le courant m'a fait dériver.

Heureusement, le rivage est en vue, j'aperçois même le feu que les Cupidon ont allumé sur la plage. Je me mets à nager dans cette direction, mais je comprends vite que mes efforts sont inutiles : le courant est trop fort.

Une vague de panique me prend par surprise. Je n'ai plus ressenti ça depuis des mois… Je chasse les souvenirs qui tentent de s'immiscer dans mon esprit. Ce n'est pas du tout le moment de me laisser distraire !

Je bats des pieds pour sortir du courant et retrouver la trajectoire voulue, mais tous mes efforts restent vains. Cette fois, c'est la terreur qui s'empare de moi parce que je vois le rivage s'éloigner. Alors je me résous à appeler à l'aide :

— Au secours !

Mais je suis trop loin pour qu'on m'entende. Je me débats encore plus fort, mettant toute mon énergie pour m'en sortir. Quelques minutes suffisent à m'épuiser, et soudain, je sens que je coule.

CHAPITRE 14

PENNY

Les profondeurs m'appellent et je ne peux rien faire pour lutter... Je lève la tête et bats des pieds pour remonter, j'y parviens et reprends mon souffle. Mais la seconde suivante, une grosse vague fond sur moi, et me submerge à nouveau.

L'adrénaline ne suffit pas pour me permettre de reprendre le dessus, et je sens que je suis sur le point de m'évanouir... Au moment où les ténèbres obscurcissent mon champ de vision, ce sont les souvenirs qui remontent par flashs...

Je suis allongée dans une sorte de sous-sol, en compagnie de plein de junkies. La lumière pulse derrière mes paupières closes, il faut que je me tourne car j'ai un haut-le-cœur. Je vais vomir, je le sens. Mais, je n'arrive pas à reprendre le contrôle de mon corps. J'essaie de bouger mes jambes, mes bras, rien ne fonctionne ! La connexion entre mon cerveau et le reste de mon anatomie semble ne plus fonctionner.

Mon esprit, lui, est en état d'alerte... Je sens que quelque chose ne va pas et qu'il faut que je réagisse, mais en avoir conscience et pouvoir le faire sont deux choses différentes... Mes paupières s'entrouvrent et j'observe le plafond tandis que mon corps se met à convulser. Je sens que du liquide remonte le long de ma trachée, dans quelques secondes, je ne pourrai plus respirer.

La terreur qui s'empare de moi ne me permet même pas de réagir. La fin est proche, et je ne peux m'en prendre qu'à moi-même, je n'aurais jamais dû suivre Riley. Je n'aurais pas dû prendre la dose qu'il m'a incité à essayer. La drogue récréative... Tu parles d'une connerie ! Mais Riley sait se montrer persuasif, très persuasif, et c'est mon petit ami, alors il ne veut que mon bien, pas vrai ?

Tout se passe en quelques millièmes de seconde et soudain, je sens qu'on fait basculer mon corps. Le liquide qui remontait dans ma trachée s'évacue par ma bouche, je peine à reprendre ma respiration.

Une paire de bottes noires passe dans mon champ de vision. L'homme qui vient de me sauver la vie s'accroupit près de moi, je sens ses doigts sur ma trachée tandis qu'il prend mon pouls. Puis je vois l'encre qui dessine des volutes sur la peau de son poignet. Un tatouage...

Je continue à vomir tout le contenu de mon estomac et la dernière chose que j'aperçois quand l'inconnu me tourne le dos et quitte la pièce est une immense paire d'ailes blanches.

Puis, c'est le noir total...

— Penny !

Je recrache de l'eau et ouvre les yeux. Plusieurs

personnes sont réunies autour de moi. Je mets quelques secondes à comprendre que je suis allongée sur le sable de la plage. Le visage inquiet d'Andréas est penché au-dessus du mien.

Il tient ma main, ou plutôt mon poignet, sans doute pour prendre mon pouls.

— Pen !

Cette fois, c'est Daphné qui crie. Elle pousse tout le monde pour s'accroupir à côté de moi.

Je tente de me redresser et ma sœur me prend dans ses bras. Elle sanglote :

— Ne fais plus jamais ça ! J'ai eu très peur !

Quand je lui réponds, ma voix est plus proche du croassement que du timbre humain :

— Ouais, je n'ai pas fait exprès.

Je m'en veux d'avoir inquiété ma sœur, mais je ne voulais pas aller si loin, et encore moins me noyer !

Je croise le regard d'Andréas, mais je n'arrive pas à le soutenir, parce que j'y lis une forme de reproche, ou du moins, ce que je crois être de la réprobation.

Il tient toujours mon poignet, et je me sens trop faible pour me soustraire à sa prise.

Ma sœur repousse mes cheveux de mon front et me regarde droit dans les yeux. Je peux lire son inquiétude, ce qui provoque en moi un mélange de culpabilité et de colère. C'est le cocktail qu'il me fallait pour retrouver mon énergie : je me dégage de Daphné et d'Andréas avant de me relever.

Le décor se met à tanguer autour de moi, et

Andréas place une main au bas de mon dos pour prévenir une chute éventuelle. Son geste attentionné aurait pu me toucher dans un autre contexte, mais ce soir, sur cette plage, il m'irrite.

Je suis à fleur de peau et tout ce que je sais, c'est que je n'en supporterai pas plus.

— J'ai besoin d'être seule…

Si le reste du groupe s'éloigne, ma sœur et Andréas ne me quittent pas d'une semelle.

— Pen, parle-moi. Qu'est-ce qui se passe ?

J'ignore la question de Daphné et marche en direction du feu allumé sur la plage, hors de question que je retourne dans l'eau de toute façon.

— Laisse-moi tranquille, Daphné, grogné-je. Je n'ai pas envie de parler.

Ma sœur sait se montrer patiente quand il le faut, et je l'ai toujours trouvée fine psychologue avec les gens, mais quand il s'agit de moi, ce n'est plus la même personne.

Elle tire sur ma main pour m'arrêter. Du coin de l'œil, je vois qu'Andréas reste dans les parages.

— Je ne sais pas ce que tu as, Penny, mais je ne vais pas te laisser tranquille. Depuis ton accident, tu n'es plus la même. Tu es distante, on dirait que tu n'es jamais heureuse…

Je sens bien qu'elle est inquiète pour moi, mais je n'arrive pas à trouver la motivation nécessaire pour la rassurer. Sans doute parce qu'elle a raison, et qu'à moins de lui mentir, je ne pourrai pas lui assurer que tout va bien.

Elle continue :

— Je sais que tu ne me dis pas tout, et je respecte ton intimité, mais là ça va trop loin. Tu aurais pu te noyer ce soir !

Une larme roule sur sa joue et je m'en veux de lui faire subir tout ça. Mon mal être commence à se répandre autour de moi, comme une sorte de malédiction ou de poison… Ma gorge est serrée par l'appréhension. Je voudrais trouver les mots justes pour réconforter ma sœur, mais plus que ça, je voudrais retrouver mon équilibre et redevenir la Penny d'avant, avant Riley et tout ce que j'ai vécu avec lui. Mais si les évènements de la soirée m'ont appris une chose, c'est que je ne peux pas faire machine arrière, je dois prendre sur moi et avancer.

— Je suis désolée, Daph. Je ne voulais pas…

Ma voix se coupe. J'ai la gorge serrée et mon cœur bat vite.

— Je sais que tu es là pour moi, et je te parlerai dès que j'arriverai à le faire, mais pour l'instant, je dois digérer certaines… choses. Et je dois le faire seule.

Daphné secoue la tête, pas convaincue :

— Selon qui ? Qui a décidé ça ? Depuis quand est-ce une faiblesse de demander de l'aide ?

Je suis incapable de trouver une réponse convaincante, alors je garde le silence. Ma sœur me dévisage, attendant sans doute que je me confie à elle, quand elle se rend compte que je ne le ferai pas, elle pousse un gros soupir.

— Okay, fais comme tu veux.

Puis elle tourne la tête vers Andréas :

— J'espère que tu arriveras à lui faire entendre raison sur ce coup-là.

Daphné me lance un dernier regard avant de s'éloigner en direction d'Éros.

Andréas s'avance, mais je garde les yeux baissés pour ne pas l'affronter. Quelques secondes passent sans qu'il ne dise rien et je finis par lever les yeux vers son visage. La compassion que je lis dans son regard me touche en plein cœur.

Ma voix est basse quand je lui lance :

— Si tu as quelque chose à me reprocher, j'imagine que c'est le moment de vider ton sac…

— Je n'ai rien à te reprocher.

C'est à ce moment que je constate qu'il est trempé, à croire que mon cerveau était dans l'incapacité de gérer toutes les informations qui se présentaient à lui quand j'ai rouvert les yeux tout à l'heure parce que je ne l'avais pas remarqué.

Je pose la question même si je connais la réponse :

— Tu es venu me chercher dans l'eau ?

Andréas se contente de hocher la tête, l'air grave. J'imagine que je devrais le remercier, n'est-ce pas ce qu'on fait dans ces cas-là ? Pourtant, je reste silencieuse, perdue dans le regard d'Andréas.

— Est-ce que je peux faire quelque chose ? demande-t-il.

Je fronce les sourcils avant de secouer la tête. Je ne vois pas ce qu'il pourrait faire pour m'aider, de toute façon, je sais bien que personne ne peut me sauver, je dois y arriver toute seule. C'est la seule voie qui s'offre à moi.

Il faudrait que tu apprennes à mettre ta fierté de côté…

Ma conscience semble se remettre à fonctionner, et je reconnais qu'elle n'a pas tort : il y a une part de moi qui est trop fière pour accepter de demander de l'aide. J'imagine qu'en avoir conscience est déjà un bon début…

Je finis par répondre à Andréas :

— Non, il n'y a rien que tu puisses faire.

Il fronce les sourcils, comme s'il doutait de ce que je viens de lui dire, mais il n'ajoute rien dans ce sens. En revanche, il me surprend en approchant de moi et en me prenant dans ses bras. Je me laisse aller en posant la tête contre son torse.

J'entends les battements de son cœur, et ce son me rassure. C'est étrange, mais à cet instant, je me sens mieux, comme rassérénée. Je ne sais pas comment il arrive à provoquer ça chez moi, mais j'accueille le moment de répit qu'il m'offre.

— Je vais te raccompagner, dit-il enfin.

En temps habituel, j'aurais refusé, mais pas ce soir. Sans doute parce que j'ai eu ma dose de sensations fortes et que je ne suis plus en état d'argumenter. Et puis, je n'ai pas trop envie d'affronter Daphné.

Andréas me dévisage en attendant ma réponse. Je lui fais un signe de la tête et son regard s'éclaire un peu. Mon attention est attirée par ses ailes qui semblent luire doucement dans la pénombre.

Un soupir m'échappe. Il faut croire qu'avoir frôlé

la mort pour la deuxième fois n'aura pas arrangé mon cerveau qui persiste à créer des hallucinations. Je dois quand même saluer ses efforts : il a trouvé une thématique, anges et démons, et persiste sur cette ligne éditoriale…

Je me ressaisis : je suis en train de divaguer. Je reporte mon attention sur Andréas et lui dis :

— Je n'ai pas envie de rentrer chez moi.

***

Je pénètre pour la première fois dans l'appartement d'Andréas, mais je suis trop fatiguée pour vraiment prêter attention au décor. Je note que tout est propre et rangé, et je me demande vaguement quand il trouve le temps de s'occuper de son intérieur alors qu'il est constamment au travail…

Andréas me conduit jusqu'à une chambre. Une fois là, il semble hésiter sur la suite. Son regard passe du lit à moi et je sens une envolée de frissons me parcourir.

— Tu veux prendre une douche ? propose-t-il.

J'ai envie de refuser, mais le sel et le sable qui se sont fixés sur ma peau commencent à me démanger.

— Je ne sais pas si j'en aurai l'énergie, même si j'en ai bien besoin…

Je suis étonnée d'avoir répondu aussi franchement, sans doute un effet de la fatigue…

La petite étincelle dans les yeux d'Andréas se change en un brasier, et je n'arrive pas à soutenir son regard tant il devient intense. Je sais exactement à quoi il pense et ce qui lui arrive parce que mon corps suit les mêmes étapes, et je sens le désir naitre dans mon ventre.

Andréas saisit ma main, et m'entraine à sa suite :

— Viens avec moi.

CHAPITRE 15

PENNY

Quelque chose me dit que je devrais me montrer plus « prudente » et que ce n'est pas une bonne idée de faire ça... Mais je n'ai plus de volonté, du moins, plus assez pour réprimer mes pulsions. Alors quand Andréas fait glisser les bretelles de mon top pour m'en débarrasser, je me contente de faire le minimum de mouvements nécessaires pour l'aider. Il prend son temps pour retirer tous mes vêtements, et quand enfin je suis nue devant lui, il plante son regard dans le mien.

Je frissonne, mais ce n'est pas à cause de la température de la pièce...

— Nous n'allons rien faire ce soir, Penny.

Je ne sais pas si je suis déçue ou soulagée par cette information.

Andréas se débarrasse rapidement de ses propres vêtements, et je déglutis difficilement face à lui. Il ne se cache pas, et je peux voir qu'il est dans le même état que moi... Je fais de mon mieux pour ignorer la preuve de son désir, et me concentrer sur ses yeux.

Mais quand il se tourne pour régler la température du jet d'eau, je ne peux pas faire autrement que mater ses fesses.

Merde ! T'es carrément pas tenable, Penny !

Je sens que mes joues chauffent et c'est encore pire quand Andréas se tourne vers moi. Il n'est pas dupe un seul instant, et je vois une lueur espiègle passer dans ses yeux, pourtant il garde son sérieux.

— Viens.

Il me tend une main que je saisis et nous entrons dans la douche. Je me fais vaguement la remarque qu'il est pratique d'avoir un endroit de cette taille : nous pourrions encore accueillir un autre de ses frères sans y être à l'étroit.

Andréas me place sous le jet d'eau chaude, et je me détends un peu. J'ai l'impression que mes tensions s'évacuent, mais ce n'est que temporaire, car il me suffit d'un regard vers Andréas pour sentir le désir grignoter mon ventre telle une bête féroce à l'appétit insatiable…

Il frotte sa peau pour se débarrasser du sable et du sel, et machinalement, je commence à faire pareil. Mais Andréas me surprend en posant les mains sur mes épaules. Malgré la chaleur de l'eau qui coule sur nous, je frissonne. J'ai du mal à soutenir son regard tant il est intense, et je n'ai même pas la présence d'esprit de lui dire quoi que ce soit. De toute façon, il semblerait qu'aucun mot ne soit nécessaire entre nous en cet instant.

D'un mouvement doux mais ferme, Andréas me fait pivoter pour lui tourner le dos. Je doute que ça soit pour admirer ma chute de reins, quoique…

Je mords l'intérieur de ma joue et suis sur le point de me retourner, mais c'est sans compter sur Andréas qui se penche et souffle près de mon oreille :

— Reste comme ça, s'il te plait.

Je me fige, et je l'entends qui prend du savon, l'instant suivant, ses mains se posent sur ma tête. Ses doigts s'enfoncent lentement dans mon cuir chevelu mouillé et je comprends qu'il est en train de me laver les cheveux.

Je ne sais pas s'il a appris à faire des massages, mais celui qu'il est en train de me prodiguer menace de me faire chavirer… Ses doigts puissants et doux à la fois passent du bas de ma nuque au sommet de mon front, s'étirent sur les côtés, provoquant des décharges de plaisir dans tout mon corps. Je n'aurais jamais cru pouvoir jouir de cette manière, mais s'il continue comme ça, c'est ce qui arrivera.

Soudain, ses mains se figent.

— Tu ne peux pas me dire des choses comme ça, Pen.

Sa voix est rauque, et je me rends alors compte que j'ai parlé à voix haute. Mes joues sont brulantes, mais ce n'est rien en comparaison de mon sexe qui pulse. Je serre les cuisses dans une vaine tentative de me calmer. Mes mains se posent sur les carreaux du mur tandis que j'essaie de maintenir mon équilibre, mais dans le même temps, mes fesses basculent et butent sur Andréas. Son érection se loge en bas de mon dos, et j'entends son grognement.

Il a retiré ses mains de mes cheveux, et franchement, à cet instant, j'aimerais les sentir partout sur moi, et en moi... Je déglutis, les yeux fermés, en proie aux sensations qui envahissent mon corps, balayant tout sur leur passage et me laissant pantelante.

— Andy...

La supplication m'a échappé, et il est trop tard pour essayer de masquer mon désir. À quoi bon ?

Andréas a plus de self-control que moi, car il s'écarte. Je l'entends manipuler des produits de bain, et quand il revient vers moi, ses mains mousseuses se posent sur mon ventre. Il commence à tracer des volutes faites de bulles et de savon, et tout ce que je peux faire, c'est me laisser aller contre lui. Mon dos est appuyé contre son torse... Je ne rêve que de lui faire face pour l'admirer et le caresser, mais ce n'est pas ce qu'Andréas a en tête.

Il passe les mains sur chaque centimètre carré de ma peau, il me nettoie avec une application qui pourrait me faire sourire s'il n'était pas en train d'alimenter le brasier qui couve en moi à grand renfort de bidons d'essence. Oui, c'est exactement ce qu'Andréas est en train de me faire : m'allumer. Et le pire dans tout ça, c'est que je suis sa victime consentante, parce que je n'ai aucune envie qu'il arrête.

Ses mains descendent le long de mes hanches, glissent plus bas, et Andréas s'agenouille pour savonner mes jambes, depuis mes pieds jusqu'à l'intérieur de mes cuisses. Mais arrivé là, il s'arrête.

Un gémissement de frustration m'échappe :

— Tu avais dit que nous n'allions rien faire…

Il ne répond pas et se redresse derrière moi, mais cette fois, je ne joue plus. Je pivote pour lui faire face. Mon regard se situe au niveau de ses pectoraux, et je déglutis en admirant sa musculature déliée. Mon regard glisse jusqu'à ses abdos que je peux compter…

Andréas passe un doigt sous mon menton et me fait relever la tête. Son regard capture le mien, je suis certaine que la même fièvre embrase nos yeux.

D'un mouvement d'une lenteur exaspérante, il se penche vers moi et effleure mes lèvres. Mais c'est loin de me suffire. Je ne peux pas me contenter de ça, pas après avoir senti ses mains partout sur moi, enfin… presque partout. Il reste plusieurs parties de mon anatomie qui désirent recevoir ses bons soins.

Quand il s'écarte un peu, je saisis sa nuque et le rapproche de moi. Je m'empare de sa bouche sans aucune pudeur ni douceur, j'ai faim de lui, et je veux qu'il termine ce qu'il a commencé.

Andréas m'embrasse avec la même ferveur que la mienne, au bout d'un instant, il s'écarte un peu :

— Je voulais juste qu'on prenne une douche après ce bain forcé dans le Pacifique, dit-il tout bas.

— Je crois que nous sommes suffisamment propres.

Nos regards s'affrontent, je sens bien que le combat n'est pas gagné parce qu'Andréas a une volonté de fer. S'il a décidé que nous ne ferions rien, il est tout à fait capable de s'y tenir. Comme lors de notre première nuit ensemble…

Ce souvenir fait rejaillir la frustration que j'ai ressentie cette fois-là. Je le regarde droit dans les yeux avant de lâcher :

— Je ne supporterai pas que tu me tortures, Andréas. Pas une nouvelle fois.

Il cligne plusieurs fois des yeux, son front se plisse tandis qu'il réfléchit, puis il secoue la tête :

— Je suis désolé, je croyais faire ce qu'il fallait pour toi…

Il a l'air convaincu par ce qu'il dit. C'est dingue !

L'eau coule toujours sur nous, et je tourne le mitigeur d'un geste sec avant de quitter la douche. Je prends la première serviette qui passe à ma portée et m'enroule dedans.

Quand je me sens assez « protégée », je me tourne vers Andréas. Il reste là, nu et terriblement beau… Je ne dois pas me laisser déconcentrer, ça fait des semaines que j'aurais dû crever l'abcès.

Et tu crois que c'est le bon moment ce soir ? Alors que tu as frôlé la mort ?

J'ignore la voix de ma conscience, après tout, elle n'est pas toujours de bon conseil ! Je prends une grande inspiration avant de lancer :

— À quel moment tu t'es dit que passer la nuit ensemble en faisant tout ce que nous avons fait, mais sans aller jusqu'au bout, était la bonne décision à prendre ?

Andréas passe une main dans ses cheveux mouillés… Comment un geste aussi simple peut-il mettre en valeur autant de muscles sur son corps ? Ma bouche s'assèche, et je dois faire un effort pour rester concentrée sur la conversation que j'ai lancée.

Il commence :

— Je t'assure que je n'ai jamais voulu…

Il se tait et sa main retombe contre son corps.

— Tu n'as pas voulu quoi, Andréas ? M'allumer puis me laisser en plan ?

Une drôle de lueur passe dans ses yeux. Je reprends :

— On dirait que c'est ta spécialité, en fait ! Comme ce soir…

Je me tais et mords l'intérieur de ma joue. Mes joues chauffent, mais ce n'est pas la seule partie de mon anatomie à être dans cet état…

Andréas semble retrouver ses esprits, car il quitte la douche et s'approche de moi. Je soutiens son regard sans ciller. Quand il est tout près, il pose les mains sur ma serviette et la retire.

Nos regards sont soudés, nous ne sommes pas prêts à lâcher. Les mains d'Andréas se posent sur mes épaules. Il est encore mouillé, mais je n'en ai rien à faire. C'est même le dernier de mes soucis.

Je ne pense qu'à cette énergie qui vibre entre nous, à ce désir en moi qui se transforme en volcan sur le point d'entrer en éruption… Et soudain, j'en ai marre d'attendre, je prends les choses en main.

Du bout des doigts, je parcours les larges épaules musclées d'Andréas et d'un petit saut, je noue mes jambes autour de sa taille. Il accompagne mon mouvement et son érection se place en dessous de moi, contre mes fesses.

— Fini de jouer, Andréas Cupidon, grogné-je avant de l'embrasser.

Je ne sais pas où sont parties ses bonnes résolutions, mais je suis satisfaite de constater qu'il les a reléguées au second plan. Notre baiser devient plus sauvage, plus profond et intense. Je n'ai jamais ressenti ce que j'éprouve avec Andréas. On dirait qu'il libère une partie de moi qui est restée trop longtemps enfouie.

Mais à cet instant, je n'ai pas du tout envie d'entamer un processus d'introspection, non, ce que je veux c'est cet homme qui me porte pour quitter la salle de bains.

— On n'est pas obligés d'aller dans la chambre, fais-je d'un ton tentateur.

— Tu as une meilleure idée peut-être ?

J'ai un mouvement de la tête en direction de la table de la salle à manger. Les lèvres d'Andréas esquissent un petit sourire sexy qui communique directement avec mon entrejambe.

Mais lorsqu'il m'installe sur la table, il ne sourit plus du tout : son visage laisse transparaitre tout le désir qu'il ressent à cet instant, et que je partage complètement. Le bois dur est un peu frais sous mes fesses, mais il ne peut rien pour apaiser le feu qui me consume.

Et quand Andréas se penche pour poser ses lèvres sur ma poitrine, la vague brulante m'emporte encore plus loin. Je me cambre sous sa bouche, mes coudes appuyés sur le bois.

— Andy…

La supplique meurt sur mes lèvres. Quand Andréas commence à parcourir tout mon corps, je mesure mon erreur : ce qu'il m'a fait sous la douche n'était qu'un prélude, maintenant nous attaquons la pièce maitresse.

CHAPITRE 16

ANDRÉAS

La respiration de Penny est calme. Elle s'est endormie presque tout de suite quand nous avons regagné mon lit. J'aimerais croire que ce que nous venons de faire est bien, mais j'en doute.

Oui, c'était une étreinte passionnée, et je ne regrette pas d'avoir cédé à mes instincts, c'est juste que j'ai l'impression de la mettre en danger juste en étant près d'elle…

Ceci dit, Penny ne semble pas avoir besoin de moi pour avoir des comportements à risque. Je repense à sa baignade qui aurait pu très mal se terminer. Qu'est-ce qui lui a pris d'aller aussi loin à la nage ? Je frémis à l'idée que j'aurais pu la perdre ce soir.

Instinctivement, je resserre ma prise sur son corps fin. Je mentirais si je disais que je n'ai pas rêvé d'avoir une relation avec elle, de la voir tous les jours, de lui faire l'amour matin et soir, et peut-être même pendant la journée aussi. Penny déclenche chez moi un besoin viscéral de la protéger.

Mais en suis-je capable ? Mes ennemis sont aussi nombreux qu'inconnus. C'est en tout cas ce que j'ai appris après ce qui est arrivé dernièrement.

La question que je me pose est : Penny est-elle plus en sécurité à mes côtés ou bien vaut-il mieux qu'elle soit loin de moi ?

Je n'ai pas la réponse, et en fait, je crois qu'il s'agit juste d'un choix que je dois faire. Quand je suis avec elle, que je la sens, que je la touche, j'ai l'impression qu'il n'y a pas d'autre endroit où je devrais être. Mais j'ai presque la sensation d'être victime d'un charme ou d'un maléfice…

Étant donné que je ne dors jamais, ou très peu, je me prépare à une nuit d'intense réflexion. Le truc, c'est que près de Penny, tout parait si clair et évident. Elle semble apporter une lumière qui manque à ma vie et je suis comme un insecte attiré par une flamme : je vole autour quitte à m'y bruler les ailes. Le problème dans notre situation, c'est que celle qui risque de payer les pots cassés, c'est Penny. Et je ne suis pas prêt à le supporter.

Je n'ai jamais été poussé si loin dans mes retranchements. J'approche de plus en plus vite du moment où je devrai faire un choix définitif, mais je n'arrive pas à me résoudre aux perspectives qui s'offrent à moi… La peur de faire le mauvais choix me prend aux tripes, au point de ne plus me reconnaitre et de céder à mes pulsions, comme ce soir.

Si j'étais parfaitement clair et que j'avais tout mon sang-froid, je ne persisterais pas à entretenir cette liaison. Ce n'est pas raisonnable, ni pour elle, ni pour moi.

Pourtant, une partie de moi semble croire que c'est la meilleure chose à faire... Pourquoi ?

Parce que Penny a besoin de toi, Cupidon.

J'ai l'impression d'avoir été foudroyé sur place ! Je suis tellement obnubilé par ce que je dois faire, ou ne pas faire, que j'en ai perdu de vue une chose essentielle : de quoi Penny a-t-elle besoin ? Après l'incident de ce soir, et je ne parle pas de cette douche torride ou de ce que nous avons fait ensuite, il est évident que je ne peux pas m'éloigner d'elle.

Quand nous étions à la plage, au moment où j'ai compris qu'elle était en danger, j'ai eu l'impression qu'on m'arrachait le cœur. L'angoisse qui m'a saisi était bien plus douloureuse que ce que j'ai ressenti quand j'étais évanoui l'autre jour. Les souvenirs reviennent me hanter.... Je me revois voler le plus vite que je pouvais pour ensuite plonger dans les flots.

La peur que j'ai ressentie au moment où Penny était allongée sur le sable, presque inanimée, ne me quitte plus. Je peux la perdre à n'importe quel moment, et c'est une crainte qui ne me quittera plus. J'ai parfaitement conscience que même si nous sommes en couple, il y a aura des moments où elle sera loin de moi et où je ne pourrai pas la protéger... Mais si je pouvais faire en sorte de minimiser ces instants, ce serait déjà ça de pris.

Lorsque la lumière du soleil levant entre par la fenêtre de la chambre, j'ai pris une décision. Et pour la première fois depuis toujours, je sais que je m'y tiendrai.

***

Je prépare le petit déjeuner quand Penny me rejoint dans la cuisine. Nous échangeons un regard complice, et je suis soulagé de constater qu'elle n'essaie pas de s'enfuir.

— Tu es un homme aux multiples talents, fait-elle remarquer quand je dépose une assiette devant elle.

Je me retiens de répondre que je ne suis pas un homme, chaque chose en son temps. Il faudrait déjà que Penny accepte le plan que j'ai en tête avant que je lui révèle qui je suis vraiment. Je l'imagine déjà s'enfuir en courant après avoir appris que je suis un ange…

Je m'installe face à elle au comptoir de la cuisine, et nous commençons à manger en silence. Je ne sais pas si c'est parce que j'ai pris une décision, ou parce que nous avons passé la nuit ensemble, en tout cas, tout est apaisé entre nous. Je crois que c'est une première !

J'avale une bouchée de mes œufs avant de lui annoncer :

— Je dois aller travailler, mais j'ai besoin de te parler...

Penny fronce un peu les sourcils et son regard se reporte sur le contenu de son assiette. Je ne veux pas qu'elle interprète mal ma phrase, alors je continue :

— Je veux qu'on fasse ça aussi souvent que possible.

— Déjeuner ensemble ?

Elle a un petit sourire en coin. Je me lève et contourne le comptoir pour être près d'elle. Je dépose un baiser sur ses lèvres :

— Oui, et aussi ce qu'on a fait cette nuit.

Une lueur passe dans ses yeux, et je dois faire un effort pour ne pas l'embrasser profondément.

Garde tes pulsions sous contrôle, Cupidon, tu as un objectif plus sérieux ce matin !

— Qu'est-ce que tu en dis ? Tu es d'accord ?

Je ponctue ma question d'un petit baiser, puis j'en dépose un autre au coin de ses lèvres, et plus bas dans son cou. Penny penche un peu la tête pour m'offrir un accès dégagé à sa gorge.

— On avait dit qu'on le prenait cool, répond-elle tout bas.

Je pose les mains sur sa taille pour la maintenir contre moi, conscient de ne pas être très fairplay dans ma manière de la convaincre, mais je fais avec les atouts que j'ai.

— Tu n'as pas trouvé ça « cool » cette nuit ? soufflé-je contre sa gorge.

Elle gémit tout bas quand je suçote sa peau.

— Qu'est-ce que tu as en tête, Andréas ?

Je continue à disséminer des baisers sur elle :

— Je veux qu'on arrête de se fuir et qu'on profite ensemble. On pourrait passer de bons moments tous les deux.

Mes mains se faufilent sous son top pour caresser le bas de son dos. Penny a un petit rire :

— Tu sais comment t'y prendre quand tu veux convaincre…

Je souris contre sa peau :

— C'est toi qui m'inspires.

Ses mains se nouent dans mon cou, et je la soulève de son siège pour la prendre dans mes bras. Penny est un poids plume, mais de toute façon, les anges ont plus de force que les humains…

Nous nous regardons dans les yeux, et pour une fois, j'ai l'impression que nos barrières sont tombées. Cela a quelque chose de… reposant. Et de libérateur aussi. Je n'ai plus besoin de réfléchir quand j'ai envie de l'embrasser, comme maintenant. Je ne me prive pas de le faire, et Penny me répond avec autant d'ardeur que la mienne.

***

Je suis de bonne humeur quand j'arrive à l'hôpital, mais en voyant la mine tirée de mon interne, je me doute que ça ne va pas durer.

— Qu'est-ce qui ne va pas Zion ?

Il secoue la tête, d'un air las.

— L'état de Zita a empiré…

Je saisis la tablette qu'il tient à la main et pianote pour afficher le dossier de ma patiente, et j'en arrive à la même conclusion que mon interne : Zita n'est pas en forme.

Je prends la direction de sa chambre, Zion m'emboite le pas.

— Je ne comprends pas, chef. Elle devrait aller mieux. À moins que l'essai clinique ne se passe pas bien ?

Mon cerveau tourne à toute vitesse pour essayer de comprendre ce qui est en train de se passer, mais la solution que je commence à entrevoir ne me plait pas du tout.

Lorsque nous arrivons devant la chambre de Zita, nous croisons Kena, une infirmière de mon service. Elle nous fait un point et conclut :

— Je prends ses constantes toutes les heures, mais ça empire…

Je la remercie et entre dans la pièce. La petite fille est allongée sur son lit, le regard perdu en direction de la fenêtre. C'est tout juste si elle tourne les yeux vers moi quand j'approche.

— Bonjour Zita.

Elle cligne plusieurs fois des yeux, comme pour remettre mon image.

— Bonjour Docteur.

Sa voix est faible. Je m'assieds au bord de son lit, et essaie d'engager la conversation avec elle :

— Quel livre as-tu lu depuis la dernière fois ?

Zita est une férue de lecture et elle ne manque jamais de me faire un point sur les dernières histoires qui lui ont plu. Mais aujourd'hui, elle secoue un peu la tête :

— Désolée, Docteur, je n'ai rien lu.

Elle semble attristée. Mon cœur se serre. Je ne peux pas la laisser dans cet état !

— Tu sais que tu as été admise dans le protocole expérimental de *For Labs*, nous faisons tout ce que nous pouvons pour te guérir, Zita.

Il n'y a plus aucune trace d'espoir sur son visage, elle semble… résignée. Et je ne peux pas le supporter !

Je parle encore un peu avec elle, mais elle n'a pas assez d'énergie alors je décide de la laisser se reposer. Je parcours le couloir en sens inverse, perdu dans mes pensées, avant de rejoindre Kena. L'infirmière lève les yeux vers moi.

— Je voudrais un bilan sanguin détaillé de Zita. Faites passer le dossier en urgence auprès du labo, s'il vous plait, Kena. Et prévenez-moi dès qu'on en saura plus.

La jeune femme hoche la tête et se hâte en direction de la chambre de ma patiente. J'ai une théorie pour expliquer son état, et je veux en avoir le cœur net avant de passer à l'action.

De longues heures s'écoulent avant que les premiers résultats ne commencent à s'afficher dans le dossier électronique de Zita. Plus le bilan s'étoffe, plus ma théorie se confirme…

Je serre les poings et la mâchoire, en proie à une colère froide. Je suis certain que *For Labs* est responsable de l'état de Zita, et ils ne s'en tireront pas si facilement. J'étais déjà impliqué, mais là c'est encore pire que tout ce que j'avais pu imaginer.

CHAPITRE 17

PENNY

Le service du midi se passe bien. Du moins, la partie dont je m'occupe se déroule sans problème. Niall est un commis appliqué qui m'aide énormément. En fait, je ne m'en sortirais pas aussi bien sans lui.

Je pivote pour lui faire face tandis qu'il s'occupe de ranger des ustensiles propres dans un placard bas :

— J'ai une idée pour ton gâteau.

Niall relève la tête trop vite et il se cogne contre le rebord du plan de travail, lâchant un juron au passage.

— Hey ! Ça va ? lancé-je.

Il se redresse avec une grimace sur le visage qui m'apprend qu'il n'a rien mais qu'il est blessé dans sa fierté.

— C'est quoi ton idée ? demande-t-il en se frottant le crâne.

Je sors mon téléphone pour lui montrer quelques photos de gâteaux trouvées sur Internet que je suis à peu près certaine de pouvoir l'aider à préparer.

Il n'hésite pas un instant :

— Le jaune.

Je fais défiler les images pour revenir sur la pâtisserie en question : un joli gâteau à étage dont la décoration rappelle la Belle et la Bête.

— Alors le jaune ce sera !

Je vais me procurer de la pâte à sucre pour réaliser le décor, j'estime que Niall mérite cette petite dépense. Je m'adresse à lui :

— Tu sais que je pourrais encore mieux t'aider si je savais pour qui tu le fais ?

Sa mine renfrognée m'indique qu'il n'a pas du tout l'intention de me le dire. Je hausse les épaules :

— Comme tu veux, après tout, si tu cherches à impressionner une fille, ça ne me regarde pas.

Je lui lance un regard en coin, m'attendant à le voir rougir, ou au moins manifester un peu d'embarras, mais ce n'est pas le cas.

— C'est pas ce que tu crois, Penny.

— C'est ce que tous les hommes disent…

Ma plaisanterie tombe à l'eau, décidément Niall prend ce gâteau très au sérieux. Je me demande ce que ça cache, mais je comprends qu'il ne dira rien de plus.

— Et quand est-ce que tu dois le faire ce gâteau ? Ça j'ai besoin de le savoir pour être là le jour voulu…

Niall semble toutefois considérer la question, mais il finit quand même par me répondre :

— Samedi.

— Euh... Après-demain ?

Il hoche la tête.

— Okay ! Heureusement que je t'ai posé la question !

— Je pensais le faire seul à la base...

— À la base, comme tu dis, tu n'es pas autorisé à venir dans cette cuisine sans la présence d'un adulte.

Niall ne manifeste pas le moindre remords et je comprends qu'il ne sert à rien d'essayer de lui faire comprendre que son plan avait une énorme faille.

Il se débarrasse de son tablier, mais un regard noir de ma part l'encourage à le ranger plutôt que de le laisser trainer dans la cuisine. Il se tourne vers moi :

— Bon, je peux me tirer d'ici maintenant ?

Je fronce les sourcils, mais hoche la tête, et Niall s'en va.

Je termine de ranger tout ce qui doit l'être. Je tiens à ce que tout soit parfaitement propre et à sa place quand je m'en vais. C'est une question de professionnalisme, et puisque j'ai la chance d'avoir une cuisine rien qu'à moi, j'entends prouver que j'en suis digne.

Lorsque j'ai terminé, je reste un instant au milieu de la pièce, les poings sur les hanches, à regarder autour de moi. J'ai toujours rêvé d'être chef cuisinier. Certes, à l'époque, je me voyais plus à la tête d'un restaurant gastronomique que de la cantine d'un orphelinat, mais je saurai m'en accommoder. On pourrait croire que je revois mes ambitions à la baisse, mais moi je trouve que je fais un énorme bond en avant, surtout que je n'étais que serveuse jusqu'à présent.

Je quitte Sainte Mary pour rentrer chez moi avant de revenir dans l'après-midi pour préparer le repas du soir. J'attends mon bus près de l'arrêt sur le trottoir en face de l'établissement et mes pensées se tournent vers Andréas.

Il est en train de réussir à faire tomber mes barrières et je ne sais pas si c'est une bonne chose ou pas. Si je ne pense qu'aux moments que nous avons passés ensemble, alors j'ai tendance à penser que oui, c'est vraiment bien. Quand il n'est plus question de mettre de la distance entre nous, tout est pour le mieux.

Andréas est parfait, chaque aspect de sa personnalité me plait, même si je sais que je ne devrais pas l'apprécier autant. J'ai maintenant conscience qu'en dépit de tous les efforts que je pourrai faire, rien ne détruira cette attirance que je ressens pour lui.

De l'attirance, c'est tout ? T'en es sûre ?

Quoi que je ressente vraiment pour Andy, je ne suis pas prête à y faire face. J'étais sérieuse quand je lui ai dit qu'on devait rester cool. Je ne vois pas d'autre manière de faire.

J'en suis là de mes pensées quand une silhouette qui quitte Sainte Mary de l'autre côté de la rue attire mon attention. Je reconnais Niall. Je me demande où il peut bien aller, mais après tout, il ne doit pas passer tout son temps à l'orphelinat… D'ailleurs, que fait-il quand il n'y est pas ? Je ne sais presque rien à son sujet, et il n'est pas du genre à se confier. Comme pour le gâteau : il ne me dira pas à qui il pense l'offrir. Mais de toute façon, ça n'a pas vraiment d'importance pour moi. C'était plus par curiosité que je lui ai posé la question.

Niall est sur le point de dépasser l'angle du bâtiment quand un homme le rejoint, et mon cœur manque un battement.

C'est impossible !

Le sang se retire de mes joues, et j'ai l'impression d'être montée sur des montagnes russes… Tout se met à tourner autour de moi.

Je pensais qu'*il* avait quitté Los Angeles, mais de toute évidence, je me suis trompée… À moins que mon cerveau ne me joue des tours ? Oui, c'est ça ! Ce ne peut pas être *lui*…

J'ai même du mal à penser à son nom sans me trouver mal. Non, il ne peut pas être là. Qu'est-ce qu'il ferait aux abords d'un orphelinat et pourquoi parlerait-il à Niall ? Ça n'a aucun sens !

Il doit s'agir d'un autre des délires que mon cerveau persiste à créer, comme les hallucinations.

Je suis sur le point de quitter le trottoir pour en avoir le cœur net quand le bus arrive. Il s'arrête pile devant moi, m'empêchant de voir la scène qui se déroule de l'autre côté de la chaussée. Je grimpe à l'intérieur et une fois dans l'allée centrale, je peux regarder à travers la vitre. Mais il n'y a plus personne à l'endroit où Niall se tenait quelques secondes plus tôt.

Je m'installe sur un siège, perdue dans mes pensées et dans mes angoisses qui ressurgissent. Pourquoi mon ex serait-il venu ici ? Pourquoi Riley aurait-il pris contact avec Niall ?

Reprends-toi, Penny, tu perds la tête !

Oui, je ne vois pas d'autre explication : mon cerveau m'a joué un tour et a créé une scène qui n'a pas eu lieu.

Mais l'après-midi quand je reviens pour préparer le service du soir, je ne peux pas m'empêcher d'y repenser. Et quand Niall me rejoint dans la cuisine, je suis tentée de lui poser des questions. Sauf que je ne veux pas qu'il me prenne pour une folle, alors je tiens ma langue. Je n'ai pas besoin d'une preuve supplémentaire que je suis en train de devenir dingue.

***

Arrivée sur le pas de la porte, je suis prise d'un doute : ai-je raison de venir ici ? Je suis dans l'immeuble d'Andréas, prête à passer la nuit avec lui, encore une fois… J'ai l'impression d'être faible de succomber à son charme nuit après nuit, et la seconde suivante, j'ai la sensation de retrouver du pouvoir sur ma vie.

Cette alternance dans mes états internes me fait perdre pied, j'aimerais que tout soit clair, pourtant je suis incapable de poser les limites. Ou en tout cas de respecter celles que j'avais érigées entre Andréas et moi.

J'envisage de tourner les talons et rentrer chez moi, mais je pense aussitôt à ce dont je me priverais : une nuit passionnée. Et ma raison se fait la malle. Je me résous à toquer à la porte.

L'instant suivant, Andréas se matérialise là. Je lève les yeux vers son visage. Son air grave me fait froncer les sourcils :

— Qu'est-ce qui ne va pas ?

Il soupire et s'écarte pour me laisser entrer. Je me dirige vers le salon, sans même un regard pour la table de la salle à manger qui nous a bien servi jusqu'à présent…

J'ai l'intuition que quelque chose cloche, et j'entends comprendre ce qu'il se passe avant de laisser ma libido s'exprimer. Une fois dans le salon, je dévisage à nouveau Andréas. Mon cœur se serre à l'idée qu'il n'est peut-être pas content de me voir :

— Si tu préfères que je m'en aille, tu n'as qu'un mot à dire. En fait, je n'aurais pas dû débarquer comme ça…

Andréas me surprend en réduisant la distance entre nous, et la seconde suivante, il enfouit son visage dans mon cou. Je sens bien qu'il a besoin de réconfort et non de sexe, mais je ne sais pas si je suis en mesure de lui apporter ce genre de chose. Entre nous, c'est physique depuis le début.

Oui, ça c'est ce que tu essaies de croire…

Je chasse cette pensée inopportune. Je ne suis pas prête à avoir une relation avec quelqu'un, encore moins Andréas. Lui, il mérite une femme qui pourra s'investir à fond dans une relation stable, et non pas une petite amie à moitié folle. Car chaque fois que je pense à ce qu'il m'arrive j'en viens à ce constat : je dois être dingue, ou du moins, je suis en passe de le devenir. Que se passera-t-il quand je n'aurai plus conscience que mes hallucinations ne sont pas réelles ?

Le corps d'Andréas contre le mien m'arrache à mes idées noires. Il me serre fort, comme s'il avait peur de me perdre, ou comme s'il se raccrochait à moi.

— Qu'est-ce qui se passe, Andy ?

Il me relâche, et je peux lire son désarroi :

— J'ai merdé, Pen. Vraiment, merdé.

— Ça ne peut pas être aussi grave...

Mais ma voix trahit mon manque de conviction, et la peur commence à s'insinuer en moi. Qu'a bien pu faire Andréas ?

— La vie de ma patiente est en jeu, et j'aurais dû savoir qu'un labo ne pourrait pas l'aider...

Sa voix se brise et mon cœur se serre de le voir dans un tel état de détresse. Je prends sa main et me dirige vers le canapé où nous nous asseyons.

— Raconte-moi tout.

Et Andréas le fait, il me parle de sa patiente, Zita, qu'il a réussi à faire admettre dans un essai clinique.

— Le truc c'est que j'ai la preuve qu'elle ne reçoit pas le traitement, continue-t-il. Elle doit faire partie des patients qui reçoivent le placebo...

Je mesure à quel point le métier d'Andréas est

difficile et j'éprouve de la compassion envers lui. Je lui demande :

— Tu peux faire quelque chose ?

Il secoue la tête.

— Je ne peux pas intervenir dans les essais, ce n'est pas entre mes mains. Rien que pour la faire intégrer le protocole, j'ai dû…

Andréas se tait, comme s'il en avait déjà trop dit. Je l'encourage :

— Qu'est-ce que tu as fait ?

— Peu importe.

Une étincelle de colère passe dans ses yeux, et je me demande ce qu'il a en tête au juste. Il semble se ressaisir et me demande :

— Tu restes cette nuit ?

Il y a une forme de supplique dans sa question, et même si mon instinct me crie de prendre mes distances, je m'entends répondre :

— Bien sûr.

CHAPITRE 18

ANDRÉAS

La cruauté de la situation me saute aux yeux et je n'arrive pas à me calmer. Même la présence de Penny à mes côtés ne m'apporte aucun réconfort. Je pensais avoir fait tout ce qu'il fallait pour sauver Zita, et j'ai découvert que ce n'est pas du tout le cas. Tout ce que j'ai réussi à faire, c'est donner un faux espoir à ma petite patiente et à sa famille. C'est horrible, cruel, inhumain !

Mais là encore, les *oubliés* ne sont pas humains, justement. Je me suis fait avoir comme un bleu !

Exaspéré, je quitte le lit et ma chambre. Penny a besoin de sommeil, mais pas moi. Je fais les cent pas dans le salon, en proie au doute et à la peur. Tout irait bien mieux si j'étais capable de prendre du recul et de laisser les choses se dérouler comme elles sont censées arriver.

— Andy ?

La voix de Penny me surprend, j'aurais dû l'entendre approcher, mais perdu dans mes pensées, mes sens se sont comme mis en veille. Le regard interrogateur de ma compagne se lève vers moi.

Et une autre vérité me saute aux yeux : si c'était elle qui était à l'article de la mort, je ne pourrais rien faire pour la sauver. Je serre les poings et la mâchoire pour contenir toute la colère et la frustration qui menacent de me submerger.

Peut-être qu'elle sent que quelque chose ne va vraiment pas, car Penny me prend dans ses bras. Mais même son étreinte n'arrive pas à m'apaiser.

Je ne la mérite pas.

Je me détache de Penny comme si son contact me brulait. Le silence s'étire entre nous, mais je fais un effort pour rassembler tout le courage qu'il me reste pour lâcher :

— On ne peut pas continuer comme ça, Penny.

Elle fronce les sourcils, et je continue :

— Je ne suis pas celui qu'il te faut…

Penny cille plusieurs fois tandis que mes mots se fraient un chemin en elle. Je peux lire tous les sentiments qui la traversent : l'incompréhension, l'incrédulité, et enfin, la colère.

Quelque part, je préfère qu'elle m'en veuille, ça je peux l'encaisser. En revanche, je sais que je ne pourrais pas supporter de la voir s'effondrer.

Lâche et minable, voilà ce que tu es.

Oui, je suis tout ça, et pire encore. C'est exactement pour cela qu'il ne faut pas que je fasse partie de la vie de Penny. Je ne pourrais que la décevoir. Autant couper court maintenant, pendant que nous ne sommes pas attachés l'un à l'autre.

Okay, là tu peux ajouter « menteur » à la liste.

Oui, je me mens, parce que je ne suis pas capable d'affronter la réalité… À savoir que cela fait un bon moment que je suis tombé amoureux de ce petit bout de femme, de sa force et de son courage. Toutes ces qualités qui me font cruellement défaut.

— Tu te fous de moi ?

La voix de Penny tient plus du grincement qu'autre chose.

Je secoue la tête, incapable de trouver d'autres mots pour appuyer ma décision. Car c'est une certitude : Penny et moi, ça s'arrête ici et maintenant.

Si j'en suis aussi certain, alors pourquoi ai-je la sensation que mon cœur est en train de se briser ?

— Andréas ?

Je baisse les yeux vers son visage, la colère que je lis dans son regard me percute et me fait serrer les poings plus fort, mais je tiens bon :

— Je n'aurais pas dû insister, je me suis trompé.

Le silence s'installe entre nous et s'étire. Je dois faire appel à toute la force de ma volonté pour rester calme et imperturbable face à elle.

— Et tu t'es rendu compte de ça en plein milieu de la nuit ? demande-t-elle d'un ton amer.

Mais je n'ai pas le temps de répondre, car déjà elle tourne les talons et regagne la chambre. Elle en ressort quelques secondes plus tard, ses affaires à la main. Penny se rhabille en vitesse tout en évitant de me regarder. Quand elle est prête, elle pousse un soupir et carre les épaules. Enfin, elle reporte son attention sur moi :

— Au revoir, Andréas.

Ma gorge est tellement serrée que je n'arrive qu'à hocher la tête en guise de réponse. L'instant suivant, la porte de mon appartement claque derrière Penny.

Il me faut quelques secondes pour me faire à l'idée de ce que je viens de faire, mais je suis certain d'avoir agi dans le meilleur intérêt de Penny. Et du mien, parce que je ne me serais jamais pardonné de l'avoir mise en danger.

Je tourne en rond dans mon salon, incapable de décider de la prochaine étape dans mon plan pour sauver Zita… Au bout de quelques minutes, pris d'une inspiration soudaine, j'ouvre la fenêtre et m'envole dans le ciel nocturne.

Il ne me faut pas longtemps pour arriver chez Caleb. Je ne sais pas s'il sera là, ou s'il est avec Priyanka, mais j'ai trop besoin de parler. Je me pose sur le toit de son immeuble, et tente de m'adresser à lui par télépathie. Ça fait tellement longtemps que je ne l'ai pas fait que je ne suis même pas certain que cela fonctionne encore… Je formule un message dans ma tête, visualise mon frère dans mon esprit et lui envoie ces mots :

— *Caleb, mon frère, j'ai besoin de toi.*

Je reste immobile, à l'affut du moindre signe qui m'informerait que Caleb m'a entendu, mais il ne se passe rien. Je suis sur le point de m'envoler quand j'aperçois une silhouette ailée qui s'élève au-dessus du parapet. Je reconnais mon frère qui me rejoint rapidement :

— Andy ? Qu'est-ce qui t'arrive ? Tu ne pouvais pas frapper à la porte ?

— Désolé, je ne suis plus moi-même…

Je passe une main dans mes cheveux, dans un geste nerveux. J'écarte le regard blessé de Penny de mes pensées, je dois me concentrer sur l'avenir de Zita. Il n'y a plus que ça qui compte à présent.

— Maintenant que nous sommes là, parle-moi. Qu'est-ce qui t'arrive ? demande Caleb.

Il me fait un signe de la tête, et nous nous asseyons sur le rebord du toit. Je me perds dans la contemplation des lumières de la ville, le regard tourné en direction du building de *For Labs*.

Je pousse un soupir avant de lâcher :

— J'ai merdé, Cal.

Mon frère reste silencieux, sans doute pour me permettre de lui en dire plus, et c'est comme si j'ouvrais les vannes :

— J'ai fait confiance à Driscoll, je l'ai cru quand il m'a proposé son marché. Je suis trop con.

Mes mots sont durs, mais je les pense. Je m'en veux d'avoir été aussi naïf.

— Qu'a-t-il fait au juste ? demande Caleb.

Je lui résume la situation et lui explique que Zita ne reçoit pas le traitement comme c'était prévu. Ma voix est un grognement quand je conclus :

— J'ai voulu intervenir dans le processus, mais je n'ai fait qu'aggraver la situation.

— Tu n'avais aucune raison de croire qu'il ne tiendrait pas sa parole, tente de me rassurer Caleb.

— C'est un *oublié* ! Que pouvait-il faire d'autre ?

Caleb me fait remarquer :

— Tous les *oubliés* ne sont pas comme Driscoll, Kaël nous a aidés, lui…

— C'est différent. Il y a quelque chose chez Driscoll qui aurait dû me mettre la puce à l'oreille.

Je suis là à me plaindre et à me morfondre alors que je devrais chercher une autre solution pour aider Zita.

— Que veux-tu que je fasse ? demande Caleb.

Un soupir de frustration s'échappe de ma gorge.

— Je n'en sais rien. J'ai l'impression qu'il n'y a aucune solution et ça me ronge.

— Pardon de te poser la question, mais pour Zita ? Tu exerces depuis des années et tu as perdu d'autres patients, alors en quoi son cas à elle est différent de celui des autres ?

La question pourrait me choquer si elle ne mettait pas en lumière la vérité : je n'en peux plus de voir souffrir et mourir les humains.

Penny était la dernière…

Je réponds simplement :

— Je crois que j'arrive à saturation.

Un silence passe pendant lequel je me perds à nouveau dans la contemplation des lumières de la ville.

— Tu ne peux pas simplement lui transfuser ton sang ?

La question de Caleb soulève encore un autre problème : ma faiblesse.

— Je pourrais… si je n'avais pas peur de tuer ma patiente.

— Je ne suis pas médecin, ni même un scientifique, répond Caleb, mais il me semble que ça vaut la peine d'essayer.

Je tourne la tête vers lui :

— Et si je la tue ?

— Et si tu la sauves ?

Je fronce les sourcils.

— En admettant que j'y parvienne, et je doute que ça soit aussi simple, comment l'expliquer au reste du corps médical ? Et que faire quand des patients afflueront dans mon service pour que je les guérisse eux aussi ?

Caleb hausse les épaules :

— Tu les aideras au mieux, comme tu le fais déjà. La transfusion a fonctionné pour Priyanka…

— Mais c'est différent, elle est ton âme sœur, et pour autant qu'on sache, ça entre en ligne de compte.

Caleb pose une main sur mon bras :

— Pour commencer, cette théorie d'âme sœur reste à prouver… On ne peut pas tirer des conclusions sans avoir de preuves. Ça, je peux te le dire parce que je suis flic.

— En matière de médecine, il faudrait de longues expérimentations pour être certain des effets de notre sang sur celui des humains.

— Il lui reste combien de temps ?

Je réfléchis un instant avant de répondre :

— Quelques semaines, tout au plus.

— Tu n'as plus le temps de tergiverser.

— C'est bien pour ça que je suis venu te trouver.

J'ai toute l'attention de Caleb et je vais au bout de ma pensée :

— Il doit bien y avoir une info que *For Labs* ne veut pas voir sortir au grand jour, et je sais que tu peux la trouver.

— C'est ça ton plan ? Faire du chantage à Driscoll pour qu'il donne le traitement à Zita ?

À la manière dont il le dit, je comprends qu'il n'est pas du tout convaincu.

— Ça vaut le coup d'essayer, argumenté-je.

— À supposer qu'il y ait quelque chose à découvrir, ça pourrait me prendre des semaines, voire des mois. Tu n'as pas tout ce temps devant toi.

Loin de m'encourager, les réponses de mon frère ne font qu'accroitre mon désarroi.

— À quoi ça sert d'être sur cette foutue planète si ce n'est pas pour aider les humains ?

— J'ai arrêté de me poser des questions, et si tu veux rester sain d'esprit, tu ferais mieux de ne plus t'en poser toi non plus.

Je fronce les sourcils en réfléchissant aux paroles de Caleb.

— Ce n'est pas ton genre de renoncer, fais-je remarquer.

— Je sais reconnaitre un combat perdu, et si tu veux aller de l'avant et aider un maximum de patients, tu feras la même chose.

— Tu penses que je devrais laisser tomber Zita ?

Mon cœur se serre à la perspective de la fin tragique qui attend la petite fille.

— Qui te dit que notre rôle est de la sauver ? fait-il remarquer.

Cette fois, c'en est trop. Je me relève et m'éloigne du bord du toit. Je fais quelques pas avant de me tourner vers mon frère :

— Tu n'es pas aussi cruel, Caleb, je ne peux pas croire que tu sois devenu aussi cynique.

— Je ne le suis pas, j'essaie juste d'être le plus réaliste possible. Et peut-être qu'on se trompe en pensant que nous sommes là pour aider les humains…

Mais je ne suis pas prêt à entendre ses arguments. Je ne peux pas supporter l'idée que je devrais accompagner mes patients jusqu'à la mort sans lever le petit doigt pour eux.

— Je ne sais pas ce qui t'arrive, Cal, mais je sens que tu te trompes. Nous sommes là pour eux, j'en suis certain.

Mon frère hausse les épaules sans se départir du calme olympien qui le caractérise.

— C'était juste une piste de réflexion, je ne dis pas que nous ne devons rien faire pour eux… Je ne serais pas flic si je le croyais, Andy.

Ses paroles me rassurent, même si elles ne m'aident pas à trouver une solution à mon problème.

CHAPITRE 19

ANDRÉAS

Le lendemain, je me rends à *For Labs*. Je suis convaincu que la solution viendra de ce traitement prometteur qu'ils sont en train de tester, et je suis prêt à faire tout ce qu'il faudra pour aider Zita.

Cette fois, je ne prends pas la peine de me présenter à l'accueil et je me pose directement sur le toit du building. Je pénètre dans le bâtiment et m'y repère très facilement. Il ne me faut que quelques minutes pour me présenter devant la porte du bureau de Driscoll.

Ses gardes ne bronchent même pas en me voyant, quelque chose me dit que je ne les surprends pas et qu'ils savaient que j'arrivais. Sans doute grâce à la multitude de caméras de sécurité que j'ai vues un peu partout.

La secrétaire ne semble pas plus étonnée par ma présence, et elle se lève pour contourner son bureau. Sans pour autant avoir une attitude conviviale, elle n'est pas hostile.

— Je viens voir Driscoll, annoncé-je.

Elle ne sourcille pas et m'adresse un hochement de la tête avant d'ouvrir la porte du bureau de son patron.

Je pénètre dans la grande pièce, au moins cette fois je sais à quoi m'attendre... Driscoll est là, installé devant son ordinateur, il m'ignore tandis que je m'avance.

J'imagine qu'il s'agit d'un petit jeu de sa part, histoire de bien me faire comprendre que je ne suis pas le bienvenu, mais je suis trop remonté pour me laisser décourager.

Quand il relève enfin la tête vers moi, je peux presque apercevoir mon reflet dans le noir profond de ses yeux. Je ne m'attarde pas sur cet aspect de son anatomie et je vais droit au but :

— Nous avions un accord.

L'*oublié* se renfonce dans son fauteuil et joint le bout de ses doigts devant lui.

— Allons, allons, je n'ai même pas droit à une formule de politesse ?

— Vous savez pourquoi je suis ici, inutile de perdre plus de temps.

Le visage de mon interlocuteur ne trahit aucune émotion, ceci dit, je ne sais même pas s'il est capable d'en ressentir...

— Et que puis-je faire pour toi, cette fois, Andréas ? demande-t-il d'un ton acide qui ne m'inspire rien de bon.

Je me raidis, mais ne perds pas mon courage.

— En échange de mon sang, vous deviez intégrer ma patiente dans votre étude clinique…

— Et c'est exactement ce que nous avons fait.

— Vous lui administrez un placebo !

Une petite lueur de satisfaction passe sur le visage de mon interlocuteur.

— Je t'avais dit qu'elle ferait partie des essais, et j'ai tenu parole.

— Ne me prends pas pour un con !

Un petit rictus tord sa bouche et je sais que je suis en train d'entrer dans son jeu. Soudain, je comprends :

— C'était ton plan depuis le départ !

— Eh bien, il t'en aura fallu du temps pour comprendre. Je pensais que les anges de ton espèce étaient plus perspicaces…

Je ne tiens pas compte de son insulte à peine déguisée.

— Tu dois tenir ta part du deal, insisté-je.

— En ce qui me concerne, j'ai fait ma part du travail.

Je serre les poings sous l'effet de la rage, j'envisage carrément de lui sauter à la gorge…

— Je te le déconseille, répond-il à la pensée que je viens de formuler.

Je plisse les yeux. A-t-il des pouvoirs dont je n'aurais pas connaissance ? Lire dans les pensées est plus ou moins un don que tous les anges possèdent, mais qu'en est-il des *oubliés* ?

Driscoll a un petit ricanement mauvais :

— Il est un peu tard pour te poser la question, tu ne crois pas ?

Il n'a pas tort, ce n'est pas maintenant que je suis dans son bureau entouré par ses gardes que je dois me demander ce qu'il est capable de me faire...

Si m'attirer ici était son plan depuis le départ, c'est donc qu'il attend quelque chose de moi. Mais quoi ? Je n'ai pas envie de le lui demander car ce serait lui concéder un avantage.

— Je pense qu'on peut s'entraider tous les deux, reprend-il.

Je croise les bras sur mon torse, conscient d'être en position de faiblesse par rapport à lui, et même si je déteste ça, je sais qu'il a raison.

— Je pourrais envisager d'administrer le traitement à ta petite protégée...

Driscoll laisse passer un silence pour faire monter le suspense, mais tout ce qu'il arrive à faire, c'est attiser mon envie de l'étrangler. Oui, j'en suis à ce point-là. Si je m'écoutais, je volerais à l'autre bout de la pièce pour me jeter sur lui et...

Driscoll claque des doigts pour attirer mon attention :

— Je disais que je pourrais considérer l'idée de donner le traitement à ta patiente, si tu m'apportes quelque chose en échange.

— Si tu veux encore mon sang, tu peux le prendre.

Je relève la manche sur mon avant-bras, mais Driscoll lève la main pour m'arrêter :

— Nous n'en sommes plus là, Andréas. J'espère que tu es conscient que tu me demandes une grande faveur en intercédant dans le protocole d'essai clinique que nous conduisons. Si ça se savait, nous pourrions dire adieu à nos chances de commercialiser ce traitement...

— Épargne-moi tes mensonges, je suis certain que vous savez très bien vous arranger avec qui il faut pour arriver à vos fins !

— Pour qui tu nous fait passer ?

Mais l'expression sur son visage m'apprend que j'ai vu juste. Je suis certain que Driscoll n'est pas à ça près et qu'il serait capable de graisser la patte à qui de droit pour atteindre ses objectifs. Ce serait d'ailleurs un moindre mal, car je pense qu'il ne reculerait pas devant un meurtre...

— Ce que je veux, Andréas, c'est le sang de chacun de tes frères.

— Impossible !

— Mais je sais que tu vas y parvenir, n'est-ce pas ? Tu es prêt à faire ce qu'il faut pour sauver ta petite protégée.

Il prend du plaisir à me tourmenter, je le sens. Cet *oublié* est le mal incarné. Je me demande comment nous pouvons être aussi différents alors que nous venons de la même *source*.

— Bien, Andréas, il est temps pour toi de t'en aller.

Son sourire torve me fait froid dans le dos. Il n'y a aucune chance que mes frères acceptent cette proposition. Comment vais-je faire ? Mais je n'ai pas le temps de me poser plus de questions car Driscoll s'adresse à ses deux larbins :

— Veuillez l'escorter à l'extérieur du bâtiment.

Les *oubliés* ne se le font pas répéter deux fois, ils s'approchent de moi et m'encadrent. Je jette un dernier regard à Driscoll, mais je sais bien que mon salut ne viendra pas de lui…

Nous sommes sur le point de quitter le bureau, quand il donne un dernier ordre :

— Je compte sur vous pour montrer les bonnes manières à notre visiteur afin qu'il n'ait plus l'idée de venir ici sans y être invité.

La menace implicite ne m'échappe pas, mais je fais en sorte de rester impassible. Driscoll prendrait trop son pied à me voir flipper.

Je m'attends à ce qu'on me conduise à l'ascenseur, mais je suis surpris de constater que ce n'est pas le cas : les deux sbires de Driscoll se dirigent vers les escaliers qui mènent au toit.

Leurs intentions sont très claires : je vais passer un sale quart d'heure. Reste à espérer que j'arrive à m'échapper au plus vite. Je suis capable de me battre, là n'est pas la question, mais face à deux *oubliés*, je ne suis pas certain de faire le poids. Non, la meilleure option est de m'envoler dès que nous serons à ciel ouvert.

Ce qui ne tarde pas car déjà le premier garde pousse la porte qui donne sur le toit. L'air frais s'engouffre dans la cage d'escaliers et j'accélère un peu le pas, pressé d'en finir avec tout ça.

En une fraction de seconde, je déploie mes ailes et donne une impulsion pour m'élever, mais c'est sans compter sur les deux *oubliés* qui ont anticipé ma réaction. Le premier se retourne d'un mouvement rapide et son pied vient percuter mon estomac tandis que le deuxième agrippe fermement mon cou dans une clé de bras qui m'étrangle.

J'encaisse le premier coup, même s'il fait mal, mais j'esquive le deuxième. J'attends que l'*oublié* approche puis je bascule mon poids en arrière, l'autre sbire me servant de point d'appui, et je balance mes jambes en avant. Mes pieds tapent dans le torse de mon assaillant qui recule sous l'impact. Je profite du mouvement de surprise de celui qui me retient pour me dégager de sa poigne. Lorsque je suis libre, je m'élance vers le bord du toit, pressé de m'enfuir.

— Viens par-là, toi !

L'un des deux a saisi l'extrémité de mon aile gauche et tire violemment dessus, un craquement retentit et je crie quand une onde de douleur se propage dans tout mon corps. Je tombe sur le sol, entrainant mon agresseur avec moi. Nous roulons et je parviens à lui faire lâcher prise, mais c'est sans compter sur son acolyte qui se jette sur moi.

— Tu ne vas pas t'en tirer comme ça, l'ange, éructe celui que j'ai fait tomber.

Il se redresse et crache sur le sol avant de reporter son attention sur moi. Son regard trahit l'étendue de sa folie et un frisson de peur me traverse. L'instant suivant, les coups se mettent à pleuvoir.

— Avec les compliments de Driscoll, lâche-t-il avant de m'envoyer un ultime coup de poing au visage.

CHAPITRE 20

PENNY

Tout est calme en ce début d'après-midi, le service n'est pas avant plusieurs heures. Niall et moi venons de terminer son gâteau. Une bonne odeur sucrée flotte dans la cuisine.

— Tu ne veux toujours pas me dire pour qui il est ? lui demandé-je.

Niall fronce les sourcils et se balance d'un pied sur l'autre. Il semble hésiter à se confier à moi. Ce que je considère comme un progrès dans notre relation. Il y a quelques jours à peine, il m'aurait envoyée promener. Je suis toujours étonnée de constater qu'il m'est facile d'être près du jeune homme, pourtant je ne me suis jamais sentie l'âme d'un mentor. Et pour cause ! Difficile d'aider les autres quand sa propre vie est un bordel sans nom…

— Nan, je préfère pas te le dire, tranche Niall, me tirant de mes pensées.

— Comme tu veux.

Je m'affaire pour nettoyer les ustensiles que

nous avons utilisés. Quand tout est propre, je mets mes poings sur les hanches et me tourne vers Niall :

— On peut y aller.

Il hoche la tête d'un air entendu avant de s'approcher du plan de travail pour récupérer la boite qui contient la pâtisserie. Je suis assez fière du résultat de notre travail et je crois pouvoir affirmer que Niall aussi est satisfait de ce que nous avons fait.

— Ta petite amie va adorer, assuré-je.

Niall ouvre de grands yeux et secoue la tête :

— Ce n'est pas pour… Je n'ai pas…

Le voir bafouiller m'attendrit car, à cet instant, Niall est un simple ado. Je décide de le tirer de l'embarras :

— Allez, on y va avant que l'odeur ne rameute tout l'orphelinat et qu'on me demande de préparer la même chose pour le reste des enfants.

En fait, tout en pâtissant, je me suis fait la réflexion qu'il serait sympa de proposer un atelier aux autres pensionnaires. Je suis certaine que l'idée plaira beaucoup à Tarn.

Niall et moi quittons la cuisine et parcourons le couloir qui conduit à la sortie. Lorsque nous regagnons la lumière du jour, je suis étonnée de voir le directeur de Sainte Mary. Il m'a vue lui aussi et il s'approche déjà de moi.

Mon jeune compagnon en profite pour filer en direction de la camionnette de l'orphelinat. D'autres enfants attendent à côté, et je me demande si je n'ai pas raté une information.

— Salut Penny.

Le sourire de Tarn est toujours aussi plaisant et rassurant.

— Hey ! T'as prévu une sortie scolaire ? demandé-je en désignant la camionnette d'un mouvement du menton.

— Presque : nous allons à l'anniversaire de Candice. Je crois que tu la connais ? Sa nouvelle famille lui organise un super gouter et ses petits camarades sont impatients de découvrir où elle vit maintenant.

Je hoche la tête tout en me disant qu'ils ne seront pas déçus : l'appartement d'Élon est somptueux et la chambre de Candice est digne de celle d'une princesse… Et mon cœur se serre, parce que j'aurais dû me rendre à cette petite fête moi aussi, mais je n'ai pas le courage d'affronter Andréas qui s'y trouvera certainement lui aussi. Alors j'ai préféré décliner l'invitation. Les souvenirs de notre rupture me torturent dès que l'occasion se présente, mais je fais en sorte de les repousser le plus loin possible, là où ils ne pourront plus m'atteindre et me faire du mal. Je n'aurais jamais dû baisser ma garde… Mais Andréas m'a convaincue, pour mieux me rejeter ensuite.

Dans une tentative pour me changer les idées, je tourne la tête pour observer les enfants qui sont rassemblés autour de Niall, tout indique qu'ils veulent voir le gâteau mais le jeune homme le soulève hors de leur portée dans un geste protecteur.

— C'est donc pour elle qu'il a tenu à cuisiner,

constaté-je.

— Niall et Candice ont toujours été proches, me raconte Tarn.

Je tourne la tête vers lui et il continue :

— Elle était sa petite protégée, non pas qu'elle n'en ait jamais eu besoin, Candice est tellement gentille qu'elle fait l'unanimité parmi les pensionnaires.

Je repense à la petite fille blonde, à son sourire et à sa bienveillance quand nous avons parlé dans sa chambre, et je ne suis pas du tout étonnée par ce que Tarn me raconte. D'ailleurs, il n'a pas terminé :

— Je suis heureux qu'elle ait trouvé une famille aimante. Si ça pouvait arriver à tous les enfants…

Mon cœur se serre à la pensée que les pensionnaires de Sainte Mary n'auront probablement pas tous cette chance.

— Et Niall ? demandé-je, curieuse d'en apprendre plus sur celui que je considère plus ou moins comme mon petit protégé.

Le regard de Tarn se perd dans le vague l'espace d'un instant.

— Il a un frère plus âgé. Leurs parents sont morts quand ils étaient plus jeunes. Niall a tout de suite été placé dans une famille, mais ça s'est mal passé. Il est venu ici et n'a plus jamais voulu partir.

Le directeur pousse un soupir de découragement.

— Je ne devrais pas accepter que les enfants décident par eux-mêmes, mais dans le cas de Niall, je suis certain qu'il y a tout un pan de son histoire que je ne connais pas... Et je n'arrive pas à l'obliger à partir. Il le faudra bien pourtant, quand il sera majeur...

Je me demande ce qui a pu arriver à Niall pour qu'il préfère vivre à l'orphelinat plutôt que de trouver une nouvelle famille, mais j'ai l'intuition que ce n'est pas une histoire que je serais contente d'entendre. En fait, rien qu'en imaginant qu'on lui a fait du mal, je sens la colère monter en moi.

— Aucun enfant ne devrait vivre comme ça, marmonné-je.

— À qui le dis-tu...

Un silence passe entre nous, et je mesure à quel point j'ai eu de la chance de grandir dans une famille heureuse et soudée.

Mais c'est pas ça qui t'aura permis de prendre les bonnes décisions, pas vrai, Penny ?

Je mords l'intérieur de ma joue pour essayer d'endiguer le flot de souvenirs qui tente d'émerger de ma mémoire. Oui, j'ai eu une enfance agréable, j'ai reçu une bonne éducation, pour mieux plonger ensuite...

Tarn frotte ses mains l'une contre l'autre :

— Bien, je crois qu'il faut que j'y aille si nous voulons être à l'heure pour la fête de Candice.

Je lui adresse un microsourire :

— Amusez-vous bien.

Il hoche la tête, d'un air entendu, avant de s'éloigner en direction de la camionnette. Les enfants le regardent approcher avec des paillettes dans les yeux, ils sont déjà surexcités et je ne préfère pas imaginer ce que ça sera quand ils auront une bonne dose de sucre dans le sang…

Le groupe prend place à bord du véhicule dans la joie et la bonne humeur, et je m'assieds sur le perron pour les regarder partir. Je devrais rentrer chez moi, mais je n'ai pas la motivation de faire l'aller-retour avant le service du soir… Alors je reste là bien après que la camionnette a disparu de ma vue.

L'air est doux, je m'adosse contre la pierre et consulte mon téléphone. Je n'ai pas de nouvelles d'Andy… Mon cœur se serre douloureusement et les larmes brouillent ma vue. Notre relation allait trop vite pour moi et pourtant je n'ai pas pris la fuite cette fois, c'est lui qui l'a fait… Je sais très bien que je n'ai rien à lui apporter, j'en ai toujours eu conscience, mais en cours de route, j'ai fini par m'aveugler. J'ai commencé à croire que quelque chose était possible entre nous. Depuis le départ, Andréas a tout fait pour m'assurer de ses bonnes intentions… Les souvenirs remontent, et je ne fais rien pour les refouler même s'ils me font atrocement souffrir maintenant que tout est terminé entre nous.

C'était il y a un mois, j'avais trop bu pour essayer d'oublier le merdier qu'était devenu ma vie et j'étais seule chez moi. Et puis Andy est passé. Je ne sais toujours pas pourquoi il est venu ce soir-là, en tout cas, l'alcool aidant, j'ai franchi une limite : je l'ai embrassé. Et la minute suivante, nous étions en pleine action… C'est lui qui s'est arrêté avant qu'on aille plus loin.

— Eh bien, eh bien. En voilà une bonne surprise !

La voix masculine me fait sursauter et je reviens au présent. Un frisson désagréable parcourt ma peau car mon corps reconnait l'homme qui se tient là, une fraction de seconde avant que mon cerveau n'y parvienne.

Mon cœur s'emballe quand je croise ce regard qui hante mes cauchemars. J'aimerais avoir une réaction, mais je suis comme paralysée face à *lui*...

— Tu as perdu ta langue, Pen ? Je t'ai connue plus loquace.

Ma bouche est pâteuse, j'ai l'impression qu'on est en train de frotter du papier de verre dans ma gorge. Mon estomac menace de rendre son contenu, et je suis contente d'être assise parce que je suis presque certaine que mes genoux joueraient des castagnettes si je me levais.

— Peu importe, je suis tellement content de te revoir, que je peux parler pour deux.

Le regard menaçant de Riley exprime le message inverse de ses mots. Je comprends que je n'ai pas rêvé l'autre fois quand je suis montée dans le bus, c'était bien lui qui parlait à Niall. Sans doute pour obtenir des informations sur moi... Du Riley tout craché ! Je retrouve enfin mes esprits :

— Qu'est-ce que tu veux ?

Ma voix est sèche et coupante. Parfait. Je ne veux pas que mon ex s'imagine qu'il peut se refaire une place dans ma vie. Ça, c'est hors de question ! Même si Andréas n'en fait plus partie, je ne tiens pas à retomber dans les bras de Riley. Mieux vaut être seule que mal accompagnée, comme on dit.

Il tire un paquet de cigarettes de la poche arrière de son jean usé, et en allume une avant de tirer dessus. Ses gestes sont mesurés, son regard ne me quitte pas. Riley est aussi dangereux qu'un puma affamé, je ne dois pas baisser ma garde. Jamais.

— Ce n'est pas une manière de parler à un vieil ami, Pen.

Il insiste sur mon diminutif parce qu'il veut marquer un lien entre nous, mais cette relation est morte cette nuit où il m'a poussée à consommer trop de drogue et où j'ai bien failli y rester.

— Nous ne sommes pas amis, Riley. Qu'est-ce que tu veux ?

— Je ne peux pas rendre visite à une amie sans que tu penses que je veuille un truc ?

— Tu as toujours une idée derrière la tête...

Il recrache un nuage de fumée avant de me tendre sa clope. Je la refuse d'un mouvement de la tête. Déjà, parce que je n'ai jamais fumé, ensuite, parce que la simple idée de poser mes lèvres là où il a mis les siennes me donne envie de gerber.

Je me mure dans un silence hostile, et c'est lui qui reprend :

— Okay, j'avoue tout : j'ai bien un truc à te demander.

Et voilà, on y vient !

— Qu'est-ce que c'est cette fois ? Tu veux peut-être que j'assure tes arrières pendant que tu commets un casse, ou que je devienne dealeuse pour toi ? fais-je d'un ton acide.

Quand j'ai connu Riley, il était l'exemple du mec bien sous tous rapports, mais j'ai appris à mes dépends que ce n'était qu'une façade. Mon ex est un criminel : s'il n'est pas en train de planifier un mauvais coup, c'est qu'il est en train d'en commettre un…

Il a un petit rire qui me hérisse :

— Ne me tente pas !

Riley tire sur sa cigarette et son regard dérive un instant sur mon corps. Le dégout que je ressens pour lui s'accentue.

— T'es toujours aussi canon, Pen. Un peu plus mince, mais carrément bandante… On pourrait remettre ça, si tu veux.

Je reste de marbre et il croit bon d'ajouter :

— On s'entendait bien au pieu toi et moi.

Aucun souvenir ne remonte à la surface parce que j'ai fait tout ce qui était en mon pouvoir pour oublier cette partie de ma vie. Notre relation n'a duré que quelques mois, mais c'était suffisant pour foutre ma vie en l'air. Et je m'en suis mordu les doigts. J'ai bien trop honte de moi pour accepter de revivre tout ça.

— C'était dans une autre vie, Riley. Oublie-moi.

Ses yeux s'étrécissent et je vois une lueur mauvaise y passer. C'est fugace, mais je le connais assez pour savoir que c'est très mauvais signe.

— Oh, mais ce n'est pas possible, ça. Tu vois, *chérie*, tu as peut-être cru que ta vie t'appartenait…

Ses paroles menaçantes sont enrobées dans un velours de fausseté qui me donne envie de lui arracher les yeux, ou la tête, ou peut-être les deux. Mais je me contente de serrer la mâchoire et d'attendre qu'il en ait terminé.

— Mais nous savons toi et moi que ça n'est pas le cas.

Ma respiration se coupe et je commence à avoir des sueurs froides. Qu'a-t-il en tête au juste ?

Je n'ai pas longtemps à attendre, car Riley exprime le fond de sa pensée :

— Je t'ai laissée tranquille, le temps de remettre mes affaires en ordre. Maintenant que c'est fait, tu vas pouvoir revenir et reprendre ta place à mes côtés.

Il me dévisage comme s'il s'attendait à une réaction de ma part, mais comme rien ne vient, il continue :

— Tu es à moi, Penny Lake. Et j'aime pas qu'on joue avec ce qui m'appartient.

Est-ce qu'il parle d'Andréas ? Non, je me fais des idées, il ne peut pas être au courant pour Andy et moi… De toute façon, tout est terminé entre nous, donc Riley n'a plus aucun moyen de pression !

— Alors je t'attends ce soir à l'adresse que je t'enverrai. Et sois à l'heure, conclut-il.

Je fronce les sourcils et redresse les épaules :

— Sinon quoi ?

Riley tire une dernière fois sur sa cigarette avant de l'écraser sous sa semelle. Puis il se redresse, et tout air faussement amical a disparu de son visage :

— J'ai appris que Daphné était en ville, et je suis certain qu'elle serait ravie d'en savoir plus sur toi.

Sur qui tu es *vraiment*…

Sa menace est explicite, mais je décide de ne pas me laisser intimider. Je tente de bluffer :

— C'est ma sœur, je lui ai déjà tout dit.

Riley lâche un petit rire qui me donne la chair de poule.

— Ça, tu vois, j'en doute. Et puis, en admettant que ça soit vrai, ça ne m'empêcherait pas de lui faire du mal…

Mon cœur se met à battre plus vite sous l'effet de la peur. Qu'il s'en prenne à moi est une chose, mais qu'il menace Daphné, en est une autre.

— Je vois qu'on se comprend, toi et moi, Pen. Donc je t'attends ce soir.

Je pense qu'il en a terminé et qu'il va s'en aller, mais il ajoute :

— Et, bien entendu, plus de galipettes avec ton apollon. Maintenant que je suis de retour, plus personne ne touche à ma femme.

Je n'ai pas le temps de répondre car quelqu'un se joint à nous, je détourne les yeux, et découvre, horrifiée, qu'il s'agit de Priyanka. Qu'a-t-elle entendu ?

Mais la petite amie de Caleb a les yeux rivés sur Riley et s'ils lançaient des flammes, mon ex serait déjà en train de rôtir dans les feux de l'enfer. Son ton est froid et tranchant quand elle s'adresse à lui :

— Je sais pas qui t'es, mais tu vas te casser d'ici avant que je m'énerve et décide de te péter les deux genoux.

CHAPITRE 21

ANDRÉAS

La douleur est atroce. Il n'y a pas d'autre mot pour décrire cette horrible sensation qui me traverse de part en part tandis que je me rends chez Levy.

C'est moi le médecin, pourtant à cet instant, je suis bien incapable de savoir quoi faire pour me soigner. Les *oubliés* m'ont mis la raclée du siècle, et je n'ai pas besoin de miroir pour savoir que j'ai une tête à faire peur.

Le regard que me lance Levy après avoir ouvert sa porte est un mélange d'inquiétude et de colère :

— Putain, Andréas ! Qu'est-ce que t'as encore foutu ?

Malgré ses propos peu accueillants, il m'aide à entrer chez lui et me conduit dans son salon. J'ai comme une impression de déjà vu, et pour cause ! Il n'y a pas si longtemps, j'étais dans la même situation…

Assis sur le canapé, je lève les yeux vers le visage de mon frère.

— Tu vas me parler ou il faut que j'attende en silence ? demande-t-il.

— J'ai été à *For Labs*...

— Encore ! Mais c'est n'importe quoi ! Il va falloir que tu arrêtes de chercher de l'aide auprès des *oubliés*.

Je m'apprête à lui répondre, mais il lève la main pour m'intimer le silence :

— On va voir ça en famille.

Et il suffit de quelques minutes pour que nos frères nous rejoignent. Les regards qu'ils me lancent ne sont pas plus amènes que celui de Levy, et je me sens vraiment nul.

— Okay, maintenant tu peux parler, dit-il.

Je ne suis pas du genre à être facilement impressionné, mais là, sous les yeux de mes frères, je ne suis pas à l'aise. Et ça ne va pas en s'arrangeant à mesure que je raconte les derniers évènements.

Après mon récit, c'est Éros qui rompt le silence :

— Hors de question que je donne mon sang à cette bande de salopards !

Je m'insurge :

— C'est la vie d'une petite fille qui est en jeu !

Mais cette information est loin de faire le poids face à un Éros déchainé. Il pointe son doigt vers moi :

— Quand est-ce que tu vas te laisser pousser une paire de couilles ?

— Hey ! intervient Élon. On se calme.

Éros lui lance un regard glacial :

— Je ne suis pas là pour aider les *oubliés* à faire

leurs trafics, si toi tu veux leur filer ton sang, fais-toi plaisir, Élon. Moi, c'est non !

— Je n'ai pas dit que j'étais d'accord, rétorque ce dernier.

La douleur me fait souffrir, mais ce n'est rien en comparaison de la perspective de perdre ma patiente. Zita est une innocente, elle ne mérite pas qu'on la traite comme une quantité négligeable et l'attitude de mon frère me met en colère :

— C'est ça, Éros, fais ce que tu fais toujours : penser à toi. Tu ne sais pas ce que c'est de te préoccuper d'une autre personne et…

Mon frère avance vers moi, les poings serrés et le regard plein de rage, mais Caleb s'interpose entre nous. Il vaut mieux parce que vu mon état, je ne ferais pas le poids contre Éros…

— Il ne faut pas entrer dans le jeu de Driscoll.

Caleb a toute notre attention et il continue :

— Vous croyez vraiment qu'il pense que nous allons accepter ? Cet *oublié* est machiavélique, et il est loin d'être stupide.

Je fronce les sourcils tout en réfléchissant, mais le mouvement provoque un élan de douleur en provenance de mon arcade amochée :

— Qu'est-ce qu'il veut vraiment si ce n'est pas notre sang ?

Caleb me jette un regard compatissant.

— J'imagine que s'il pouvait l'obtenir, il ne serait pas contre, mais je flaire un truc plus tordu. À mon avis, s'il nous met dans cette situation, c'est pour nous occuper afin qu'on ne mette pas trop le nez dans ses affaires.

— Diviser pour mieux régner en somme, commente Levy.

Caleb secoue la tête :

— Je dirais plutôt qu'il applique une méthode de communication humaine : agiter la main gauche pour attirer notre attention dessus pendant qu'il fait des trucs louches de l'autre côté.

Un silence passe dans le salon de Levy et même si je comprends les propos de Caleb, ça ne résout pas mon problème :

— Qu'est-ce qu'on fait pour Zita ?

Caleb hausse les épaules :

— C'est toi le médecin ici, s'il y a une solution, tu dois la trouver. Mais une chose est sûre : tu ne peux rien attendre de Driscoll. Quels que soient ses plans, il ne lèvera pas le petit doigt pour ta patiente.

Mon frère ne fait que dire tout haut ce qu'une partie de mon cerveau essaie de me faire comprendre depuis le départ. Il n'en reste pas moins que je n'ai pas de solution pour traiter Zita.

— Tu as un plan ? demande Élon à Caleb.

Le flic semble avoir définitivement repris le dessus chez mon frère qui hoche la tête :

— Si on veut faire tomber Driscoll, il faudra faire comme pour Freya.

— Le faire fuir ? demande Élon, perplexe.

— Si on pouvait trouver une solution plus *définitive*, ce serait préférable, répond Caleb. Mais ce que je voulais dire c'est qu'il faut l'empêcher de continuer ses affaires parmi les humains.

— Tu veux qu'on le force à démissionner de *For Labs* ?

La discussion s'engage entre eux deux, tandis qu'Éros me lance des œillades mauvaises à intervalles réguliers.

— Je suis certain qu'il a pas mal de squelettes dans ses placards, je vais mener l'enquête pour les trouver et les montrer en place publique, explique Caleb. En attendant…

Il se tourne vers moi :

— Tu ne vas plus là-bas.

Son ton ne laisse pas de place à la négociation, et franchement, après mes deux tentatives manquées pour faire soigner Zita, je ne m'y risquerai plus.

Caleb me dévisage comme pour s'assurer que j'ai bien saisi le message et quand il estime que c'est le cas, il s'adresse à nous tous :

— Je prends les choses en mains à partir de maintenant. Je vous le dirai quand j'aurai besoin de votre aide.

Après quelques minutes de discussion, nos frères s'en vont et je reste seul avec Levy.

— Tu as besoin que je t'aide à te soigner ?

Je secoue la tête pour refuser, mais à la manière dont Levy me dévisage, je comprends que ce n'était qu'une question rhétorique. Il va chercher de quoi désinfecter mes plaies dans sa salle de bains avant de revenir dans le salon.

Tandis qu'il applique les compresses imbibées,

je laisse la douleur se diffuser en moi. C'est une sorte d'autopunition que je m'inflige pour avoir été aussi stupide. J'ai perdu un temps précieux en allant voir Driscoll.

Levy est en train de ranger le matériel dans la trousse quand il me demande :

— As-tu fait des recherches sur l'effet de notre sang sur celui des humains ?

Je secoue la tête pour dire que non.

— Si ça a marché pour Priyanka, il y a des chances que ça soit aussi le cas pour ta patiente, fait-il remarquer.

Cette idée, je l'ai eue il y a longtemps, mais la vérité c'est que je n'ai pas eu le courage de faire des recherches dans ce sens. Parce que j'ai bien trop peur d'échouer et d'être responsable de la mort d'une enfant.

Alors que si elle meurt par la faute de For Labs, là tu pourras te regarder dans un miroir... T'es pathétique !

Je suis muré dans mon silence, mais ça ne décourage pas mon frère qui poursuit son raisonnement :

— Tu devrais prélever un peu de son sang et faire des tests en laboratoire. Je peux te seconder si tu veux.

Sa proposition me laisse bouche bée.

— Ne fais pas cette tête, Andy. Tu sais bien qu'après avoir passé autant d'années sur les bancs de la fac, j'ai acquis quelques compétences. C'est peut-être le bon moment pour dépoussiérer mes connaissances en biologie moléculaire…

— Ravi de voir que ça t'amuse, grincé-je.

Levy se fige.

— Je comprends ce que tu traverses, mais ce n'est pas une raison pour t'en prendre aux personnes qui veulent t'aider, Andy. Et puis, il m'en faudra bien plus que ça pour me décourager. J'assure tes arrières, mon frère.

Je détourne les yeux pour ne pas lui montrer que ses paroles me touchent.

— Tu restes ici le temps d'aller mieux, je présume, lance Levy tout en allant dans la cuisine.

Je grommelle une réponse avant de récupérer mon téléphone dans ma poche. L'appareil n'est pas en meilleur état que moi… En fait, il est HS. J'ai envie de parler à Penny, mais ce n'est pas une bonne idée. Je ne peux pas rompre avec elle, et le jour d'après l'appeler comme si de rien n'était. Non, il faut que je gère ça tout seul…

Levy me tend un verre d'eau quand je franchis le seuil de la cuisine. Je le saisis et le bois d'un trait.

— Alors ? On commence quand ? demande-t-il.

Je suis bien incapable de lui répondre car je n'ai pas encore décidé de la marche à suivre…

— Allez, Andy, il ne faut pas trainer. Il ne reste plus beaucoup de temps à ta patiente.

Les mots de Levy résonnent dans ma tête, et je prends sur moi pour affronter ma peur d'être responsable de la mort de la petite fille. Caleb a raison : d'une manière ou d'une autre, Zita est condamnée et je ne dois rien attendre de Driscoll.

Ma lâcheté me saute aux yeux : en demandant de l'aide à l'*oublié*, j'ai fait en sorte que la responsabilité ne m'incombe pas.

Je redresse les épaules, un simple mouvement qui envoie des signaux de douleur dans tout mon corps, et je serre les dents.

— Tu as des plans pour ce soir ? demandé-je à mon frère.

Il secoue la tête et je lâche :

— Bien, on va à l'hôpital tout de suite.

— Content de voir que tu prends les choses en main pour de bon, mon frère.

Rentrer dans le laboratoire sans attirer l'attention va être un vrai challenge, mais je suis maintenant convaincu qu'il n'y a pas d'alternative.

Levy se frotte les mains :

— C'est quoi le plan ?

— On va faire des tests au labo après le départ du personnel.

— Tu veux dire qu'on va y entrer par effraction ?

Son regard pétille, on dirait que je viens de lui proposer une partie de jeu vidéo. Je soupire et secoue la tête :

— Je suis membre de l'équipe donc j'ai un badge. Désolé de te décevoir.

Mon frère hausse les épaules :

— Ce sera quand même une mission secrète, j'adore ça !

— À t'entendre on ne dirait pas que la vie d'une fillette est en jeu…

Ce constat a au moins le mérite de ramener Levy

sur terre et son expression perd de sa gaieté.

— Ce n'est pas ce que je voulais dire, Andy…

— Je sais bien.

Je réfléchis à ce que nous allons devoir faire au labo, les différents tests qui seront nécessaires, et l'ampleur de la tâche me semble incommensurable. Les chances que nous arrivions à un résultat probant sont tellement minces que je n'ose pas espérer…

Mais quel autre choix s'offre à moi ?

***

Quand nous pénétrons dans le laboratoire quelques heures plus tard, il n'y a plus aucun employé. Tout le matériel est à nous. Je me dirige vers les vitrines réfrigérées qui contiennent les prélèvements des patients et trouve rapidement ceux de Zita.

— Okay, on va commencer par prendre un peu de ton sang, indique Levy tout en réunissant le matériel nécessaire.

Je relève ma manche et patiente tandis que mon frère se charge de prélever quelques fioles de mon hémoglobine. Levy semble retrouver ses connaissances en matière de biologie car il entreprend de préparer des lames sur lesquelles il dépose des gouttelettes de mon sang, puis une autre avec celui de Zita. Il place une des petites plaques sur un microscope avant de regarder dans la lunette.

— Ça, c'est le sang de ta patiente, indique-t-il.

Il fait un pas de côté pour que j'observe le résultat.

— Je sais parfaitement à quoi ressemblent les cellules humaines, Levy.

— Parfait !

Il change la lame pour placer celle contenant mon propre prélèvement.

— Et ça, c'est ton sang.

Levy se déplace à nouveau, mais je marque une petite hésitation avant de regarder le résultat. J'ai fait des études de médecine, et l'idée m'est venue à de multiples occasions d'observer mon propre sang, mais je ne l'ai jamais fait. Déjà parce que je ne voulais pas que ma nature soit révélée, et ensuite, parce que je n'en voyais pas du tout l'intérêt.

— Maintenant, regardons ce que ça donne quand on mélange ton sang à celui de Zita…

J'observe mon frère pendant qu'il effectue les manipulations et qu'il s'approche du microscope. Quelques secondes passent et le silence commence à devenir pesant. Je finis par demander :

— Alors ?

Levy relève la tête, et son expression est indéchiffrable. Je commence à stresser.

— Regarde par toi-même, dit-il enfin.

J'obéis à Levy.

— Mais qu'est-ce que…

Ma question reste en suspens, mais Levy répond quand même :

— Je n'avais même pas imaginé que c'était possible.

CHAPITRE 22

PENNY

Le début de la soirée passe comme dans un rêve, ou plutôt comme dans un cauchemar. Bien que je n'aie pas vu Riley en revenant pour le service du soir, j'ai l'impression qu'il est en train de me suivre et de m'espionner...

Le retour de mon ex n'est pas bon signe, et je dois lutter pour ne pas laisser la peur me submerger. Quand j'ai rencontré Riley, je venais d'arriver à Los Angeles, et il a su se montrer sous son meilleur jour pour faire tomber mes défenses. Chaque fois que je me repasse le film de nos débuts, je m'en veux de ne pas avoir su le cerner et comprendre qui il était vraiment. Mais c'est le propre des gens tels que lui : savoir masquer leur identité profonde pour mieux attirer leurs proies dans leurs filets.

Je n'aime pas me voir comme une victime, pourtant je sais que sur un certain plan, c'est le cas. Malgré tout, je suis consciente que j'ai ma part de responsabilité dans ce qui m'est arrivé. Riley ne m'a jamais vraiment forcée à faire quoi que ce soit. Il s'est juste montré très persuasif, le reste je l'ai fait toute seule. Comme essayer de la drogue.

Tandis que je range la cuisine, les souvenirs remontent, et je ne trouve pas la force de les refouler. J'ai lu quelque part qu'il était vain de chercher une solution dans le problème lui-même, c'est exactement ça avec Riley…

Adolescente, j'ai testé la cigarette et l'alcool, mais je n'ai pas aimé. C'en est resté au stade d'expériences. Avec mon ex, j'ai plongé sans même en avoir conscience, et la minute suivante, j'en étais réduite à vouloir ma prochaine dose de came. À vrai dire, je ne sais même pas ce qu'il me refourguait. Tout ce qui comptait, c'était que je me sentais bien quand j'en prenais. Au départ, c'était gratuit, mais au fil du temps, j'ai dû débourser des sommes conséquentes pour en obtenir.

Et le prix à payer n'était pas que monétaire : j'ai perdu le contact avec la réalité et avec mon corps. Je m'autodétruisais. Jusqu'à la fameuse nuit où tout a dérapé…

Je secoue la tête pour chasser ce souvenir-là. Je ne veux plus penser à cet instant où j'ai failli faire une overdose et où un étrange inconnu m'a sauvée. Tout ce que je sais, c'est que quand je suis revenue à moi, j'ai commencé à avoir des hallucinations.

— Tu es encore là ?

La voix de Tarn me fait sursauter. Je relève la tête vers lui.

— J'ai fini de ranger, j'allais partir.

Il hoche la tête.

— Merci pour le travail que tu fais ici. Et je ne parle pas seulement de la cuisine, mais aussi de Niall. Il a changé depuis qu'il bosse avec toi.

Son compliment me touche parce que pour la première fois depuis longtemps, j'ai la sensation de contribuer à quelque chose de plus grand que moi, d'aider mon prochain. Ça fait du bien.

— Niall a du potentiel, s'il veut faire carrière en cuisine, je suis certaine qu'il le peut.

Tarn hoche la tête, d'un air entendu. J'en profite pour lui soumettre mon idée d'organiser des ateliers de pâtisserie pour l'ensemble des pensionnaires. Le regard de mon patron se met à pétiller :

— C'est un super projet ! Je suis sûr qu'on peut mettre ça en place. En revanche, je ne suis pas certain d'obtenir les fonds pour payer tes heures supplémentaires en plus du matériel nécessaire…

— Je suis prête à prendre sur mon temps personnel. Considère ça comme du bénévolat.

Il m'adresse un large sourire.

— Okay, je suis partant ! Merci à toi, Penny.

Je hausse les épaules, gênée par ses remerciements. Je n'ai pas l'impression de faire quelque chose d'extraordinaire. Ce n'est pas comme si je n'aimais pas mon travail…

— Bien, maintenant il est temps que tu rentres chez toi, ajoute-t-il.

Je fronce les sourcils :

— Tu me mets à la porte ?

Tarn a un petit rire.

— S'il le faut, oui ! Tu as besoin de repos.

Son visage prend soudain une expression plus sérieuse et je me demande si la visite de Riley cet après-midi n'a pas laissé des traces.

— Allez Penny, file !

Je ne me le fais pas dire deux fois et récupère mes affaires avant de quitter la cuisine. J'ai atteint la sortie quand mon téléphone vibre dans ma poche.

L'idée m'effleure qu'il s'agit d'Andréas qui a des regrets, mais je chasse tout de suite cette pensée incongrue. Je récupère l'appareil dans ma poche et constate que j'ai reçu un message d'un correspondant inconnu.

Je déverrouille l'écran pour savoir ce qu'on me veut et mon sang ne fait qu'un tour :

[Je veux te revoir. Cet après-midi m'a pas suffi.]

C'est Riley !

J'ai l'impression qu'on a rempli mon estomac avec de grosses pierres. Mon cœur se met à battre plus vite et je redresse la tête pour regarder autour de moi, m'attendant presque à le voir surgir au coin du bâtiment, mais je me rends compte que je suis seule. Loin d'être soulagée, je me hâte en direction de ma voiture garée sur le parking.

J'en viens presque à imaginer que mon ex s'est introduit dans mon véhicule et je vérifie scrupuleusement à travers les vitres avant d'y entrer.

T'es parano, ma vieille…

Oui, peut-être un peu, mais quand il s'agit de Riley, deux précautions valent mieux qu'une.

Les pneus crissent sur l'asphalte quand je démarre en trombe. Un message de ce mec suffit à me mettre dans un état de stress maximal !

Mon téléphone vibre et je jette un coup d'œil à l'écran avant de reporter mon attention sur la route. Mais quand je vois les notifications se multiplier, je saisis le téléphone pour lire les messages.

À mesure qu'ils défilent devant moi, je sens mon cœur battre plus vite et une sueur froide recouvrir ma peau. En résumé, Riley veut que je le rejoigne dans son Q.G. Je n'ai plus mis les pieds dans cet immeuble depuis que j'ai failli y mourir, et pour rien au monde je ne voudrais y retourner.

[Je sais que tu lis mes messages. M'oblige pas à venir te chercher...]

Instinctivement, je regarde autour de moi, juste à temps pour me rendre compte que j'avais dévié de ma trajectoire. Je donne un coup de volant pour revenir sur ma voie, le cœur battant. Mon niveau de stress est en train de grimper en flèche...

Je tape rapidement une réponse :

[Pas maintenant.]

Un temps passe sans que Riley ne se manifeste. Je mords l'ongle de mon pouce, le regard rivé à l'écran. Je suis certaine qu'il ne se laissera pas éconduire si facilement. Du moins, le Riley que j'ai connu n'aurait rien lâché.

Après cinq minutes de trajet anxieux sans réponse de sa part, je décide de ne plus faire attention à mon téléphone, il ne manquerait plus que j'aie un accident à cause de lui... Lorsque j'arrive chez moi, je n'ai toujours aucune nouvelle. J'ai toutefois du mal à me détendre parce que j'ai l'impression d'avoir une épée de Damoclès au-dessus de la tête.

Je me laisse tomber dans le canapé et ferme les yeux tout en soufflant pour essayer de faire le vide. Riley est capable de me faire paniquer... Je ne devrais pas lui accorder ce pouvoir, mais c'est irrépressible, sans doute parce que je sais parfaitement de quoi il est capable.

Juste au moment où je commence enfin à me détendre un peu, mon téléphone vibre. Je n'ai pas besoin de déchiffrer le numéro pour savoir que le message provient de mon ex.

Mes mains tremblent quand je saisis l'appareil.

[T'es sûre de pas pouvoir te libérer ?]

Le message est suivi par une photo... Le visage familier qui apparait sur mon écran fait manquer un battement à mon cœur.

Ce n'est pas possible !

Hélas avec Riley tout est toujours possible. Comme son retour inopiné dans ma vie.

Je fixe la photo d'un œil morne, l'esprit en plein champ de bataille. Pourquoi a-t-il fait ça ?

[Viens, Penny. Je le dirai pas deux fois.]

Et je sais que sa menace est très sérieuse.

Je regarde une dernière fois la photo prise sur le vif dans le squat de Riley : on y voit Niall qui semble en train de planer. L'air ébahi sur son jeune visage ne m'inspire rien de bon. Je le reconnais pour l'avoir vu sur tellement d'autres avant lui... C'est l'expression de quelqu'un qui a pris de la drogue.

Je réponds :

[Je viens, et tu laisses partir Niall.]

[Tu crois vraiment être en position de négocier ?]

Toute tentative de discussion est inutile quand Riley a une idée en tête, ou plutôt une obsession dans ce cas-là.

Mon corps réagit en premier et je saute sur mes pieds, prête à tout pour secourir Niall, même à affronter mes plus grosses peurs.

Il me faut moins de temps que je ne le pensais pour rejoindre le centre-ville. À cette heure tardive, la circulation est très fluide. Je me sens dans un drôle d'état : pressée d'aller sortir Niall de ce guêpier et stressée à la perspective d'y replonger tête la première. Mais de toute façon, je n'ai pas le choix.

Je me gare le plus près possible du squat de Riley avant de quitter la sécurité toute relative de l'habitacle. Un frisson me parcourt, moins dû à la température ambiante qu'à la perspective de retourner dans ce lieu où j'ai bien failli mourir.

Lorsque je pousse la porte de l'immeuble, j'ai l'impression de remonter le temps et de revivre un épisode de ma vie que je voulais laisser derrière moi à tout prix.

Et on voit à quel point ça t'a réussi…

Je fais taire la voix de ma conscience, il n'est plus temps d'avoir des regrets et de me morfondre. Je dois être forte, si ce n'est pas pour moi, au moins pour Niall.

On m'introduit dans la planque comme si j'étais attendue, ce qui est le cas en fait, et je descends les marches qui conduisent au sous-sol. L'endroit est toujours aussi sale et sombre. À croire qu'il y a une sorte de décor attendu pour des lieux comme celui-ci…

J'entre dans la pièce principale.

— Penny ! Tu es enfin là !

La voix de Riley me fait sursauter. Je tourne la tête vers lui, mais ne m'y attarde pas, je cherche Niall des yeux. Je le trouve vite : juste à côté de mon ex.

Je serre les poings en me rendant compte que le jeune homme est presque dans les vapes. Je me précipite vers lui, mais un gars m'arrête avant que je ne l'atteigne.

— C'est touchant, commente Riley d'un ton qui dénote tout le contraire.

Je carre les épaules et lève les yeux vers lui.

— Qu'est-ce que tu lui as fait prendre ?

Ma voix est hargneuse, loin du timbre froid et tranchant que je devrais opposer à Riley.

— Je n'ai rien fait, il a choisi tout seul.

Le petit air innocent sur son visage ne m'inspire pas confiance. J'ai appris qu'il ne fallait pas croire un seul mot qui franchit ses lèvres.

— Je suis là, tu peux le laisser partir.

Riley a un petit rire sec qui me donne la chair de poule :

— Et où crois-tu qu'il pourrait aller dans cet

état ?

Mon regard se reporte sur Niall qui est complètement stone.

— Je vais le mettre en sécurité et je reviens…

— Hors de question que tu t'en ailles, tranche mon ex. J'ai attendu nos retrouvailles pendant trop longtemps. Maintenant que tu es là, je compte pas te laisser filer.

La menace implicite me fait grincer des dents. S'il n'y avait pas eu Niall, je ne serais pas ici. Mais je ne pouvais pas le laisser seul à la merci de Riley.

— Pourquoi lui ? demandé-je.

Il hausse un sourcil, l'air faussement étonné.

— Tu aurais préféré que ce soit ta sœur peut-être ?

Il va trop loin en menaçant Daphné et je bondis dans sa direction, mais encore une fois, son garde me retient.

— Laisse ma sœur tranquille !

Riley me dévisage, un rictus tord ses lèvres.

— Je crois que t'as pas bien compris, Penny…

Il s'avance vers moi, et je dois lutter contre mon instinct qui me hurle de m'enfuir. De toute façon, une poigne solide m'empêche de bouger. Lorsque Riley est assez proche pour me dominer, il lâche :

— Tu es à moi, tu l'as toujours été. Et ce qui est à moi reste avec moi.

— Toi, toi, tu n'as que ce mot à la bouche, mais je ne t'appartiens pas !

Une expression de cruauté pure passe sur le visage de Riley :

— C’est ce qu’on va voir.

CHAPITRE 23

ANDRÉAS

Levy et moi avons passé la nuit entière à réaliser des expériences, et nous avons beaucoup progressé. Mon frère se tourne vers moi :

— Tu peux lui injecter ton sang sans problème, Andy.

Face à ma moue dubitative, il ajoute :

— Tous les tests indiquent que sa maladie disparaitra…

— Mais nous ne savons pas quels seront les conséquences à long terme ! Va-t-elle avoir des effets secondaires pires que la maladie elle-même ? Nous n'avons pas assez de recul sur les résultats.

— Qu'est-ce qui peut être pire que la mort ? réplique Levy.

Je me réfugie dans un silence tendu. La vérité, c'est que j'ai peur. Je redoute que Zita souffre atrocement et qu'elle ne meure sous mes yeux.

La main de Levy se pose sur mon épaule :

— C'est le moment d'y aller.

Il a raison : la lumière du soleil levant est en

train de pénétrer par la fenêtre et les équipes ne vont pas tarder à arriver. Nous rangeons et effaçons toutes les traces de notre passage avant de quitter le labo.

J'ai dans la poche une seringue avec ce qui pourrait bien être le remède à la maladie de Zita... ou alors son arrêt de mort. Un frisson me parcourt.

Mon aile blessée est toujours douloureuse, mais ce n'est rien en comparaison du dilemme qui me déchire les entrailles...

Levy sur mes talons, je prends machinalement la direction de mon service. Nous croisons quelques membres de l'équipe de nuit qui, s'ils sont surpris de nous voir là, ne le montrent pas. Je passe tellement de temps ici que je commence à faire partie du décor...

Je m'arrête devant la porte d'une chambre. À travers le petit hublot en verre, je peux distinguer la silhouette de Zita : elle semble minuscule au milieu de son lit.

Mon hésitation est perceptible, et Levy me dit :

— Il faut y aller, Andy. Tu ne peux pas attendre plus longtemps. Je sais que les conséquences te font peur, mais pense à tout ce qui pourrait bien se passer. Il y a de grandes chances que Zita s'en tire, ça vaut la peine d'essayer, tu ne crois pas ?

J'ai une pensée pour les parents de ma patiente. Ils n'ont aucune idée de ce que je m'apprête à faire. Cet acte est complètement illégal, mais les règles et les lois des mortels valent-elles encore quelque chose quand l'alternative à mon inaction est la mort ?

Force est de constater que ma peur et ma lâcheté risquent de couter la vie à une petite fille qui ne mérite pas ça. Je prends une grande inspiration avant de pousser la porte de la chambre.

Levy se faufile derrière moi. Je ne le lui dis pas, mais je suis content qu'il soit là, même si la responsabilité du geste final m'appartient, je me sens moins seul dans cette histoire.

Zita est endormie quand nous arrivons au pied de son lit. Dans ma poche, mes doigts enserrent la seringue qui contient la solution que Levy et moi avons mise au point pendant la nuit.

— Ça va bien se passer, souffle mon frère pour m'encourager.

Je sors la seringue et retire le capuchon de protection de l'aiguille. Le liquide légèrement bleuté brille un peu quand je le lève et que la lumière du jour naissant passe au travers.

Il ne me faut que quelques secondes pour injecter le contenu dans le cathéter de Zita. Une fois que c'est fait, je recule de quelques pas.

— Il n'y a plus qu'à attendre maintenant, murmuré-je.

— Viens, on va prendre un café.

Je suis tenté de rester ici, mais ma présence injustifiée ne passerait pas inaperçue auprès de l'équipe soignante. Mon frère m'entraine en direction de la sortie et je me laisse faire. Ce n'est plus qu'une question de temps avant que nous découvrions si cette ultime tentative de sauver Zita a fonctionné.

Le poids de la responsabilité de ce que je viens de faire pèse sur mes épaules et j'ai l'impression d'être un peu vouté tandis que nous nous dirigeons vers le distributeur de boissons chaudes.

Levy insère quelques pièces dedans avant de pianoter sur les touches. Quelques secondes plus tard, il me tend un gobelet fumant. Je me garde de lui dire que je ne bois pas de café en temps habituel, en fait, je n'aime pas vraiment ça, et me contente de tremper les lèvres dans le liquide marron.

— Tu as fait ce qu'il fallait, dit Levy après avoir avalé le contenu de son gobelet.

Je hausse les épaules, pas vraiment convaincu, mais conscient qu'il n'y avait pas grand-chose d'autre à faire. Je ne peux m'empêcher de remarquer :

— Si ça marche, *For Labs* s'en attribuera tous les mérites...

— Qu'est-ce que ça peut faire ? Ta seule priorité, c'est Zita.

— Et les milliers de patients qui prendront le fameux traitement en espérant s'en sortir, qu'est-ce que tu en fais ?

Levy secoue la tête :

— Je crois que tu n'as plus les idées claires, mon frère. Zita n'est qu'une patiente parmi les centaines d'autres qui participent aux essais cliniques. Il est même probable que son cas soit écarté des résultats car il sera une « anomalie » dans les statistiques...

— Si Driscoll s'en rend compte, il fera le rapprochement…

— Et alors ?

Je pousse un soupir, fatigué et surtout en proie à une douleur sourde causée par mon aile abimée. Ma guérison est beaucoup plus rapide que celle d'un mortel, il n'en reste pas moins que je souffre.

— Un problème à la fois, Andy.

L'attitude détachée de Levy est à la fois appréciable et agaçante, mais je lui suis reconnaissant d'être présent. Son soutien compte beaucoup pour moi dans une épreuve aussi difficile.

Mon téléphone vibre dans ma poche et je suis sur le point de l'éteindre quand je vois l'identité de la personne qui cherche à me joindre. Je fronce les sourcils et décroche sous le regard curieux de Levy :

— Daphné ? Désolé, mais ce n'est pas vraiment le bon moment…

— Salut Andréas. Je sais qu'il est tôt, mais je ne savais plus qui appeler…

Je peux percevoir la tension dans la voix de la jumelle de Penny et quelque chose réagit en moi :

— Qu'est-ce qui se passe ?

— Penny est avec toi ?

— Non. Je ne l'ai plus vue depuis un moment.

Depuis que j'ai mis un terme à notre relation…

Mais je n'en parle pas, et Daphné non plus. Est-elle au courant ? Impossible de le savoir.

Un silence passe à l'autre bout du fil puis elle dit :

— Je n'ai plus de nouvelles de ma sœur. Elle ne répond pas à son téléphone, et… ça ne lui ressemble pas.

Elle semble au bord de la crise de nerfs alors je tente de la rassurer :

— Je suis certain que Penny va bien, elle a sûrement oublié son téléphone quelque part…

Pourtant, une petite alarme se déclenche en moi.

— Non, je sens que quelque chose ne va pas, répond Daphné.

Elle n'en dit pas plus, mais je la crois, sans doute parce que moi aussi j'ai une connexion particulière avec mes frères. Mon regard passe sur Levy avant de se poser sur la porte de la chambre de Zita.

— Tu pourrais essayer de la joindre, toi ? demande Daphné.

— Crois-moi quand je te dis que je suis la dernière personne que ta sœur a envie de voir en ce moment.

Les souvenirs de notre dernière conversation me reviennent, et je sens quelque chose se serrer dans ma poitrine. Tout va de travers dans ma vie dernièrement, ma relation avec Penny n'y échappe pas.

Levy entre dans mon champ de vision, au regard qu'il me lance, je comprends qu'il entend toute la conversation.

— S'il te plait, Andréas.

La supplique de Daphné me touche et je m'entends répondre :

— Si tu veux je peux passer à son travail pour savoir si quelqu'un l'a aperçue.

— J'ai eu son employeur, elle est censée être en repos aujourd'hui... Mais on ne sait jamais, il faut vérifier toutes les pistes.

— Je m'en occupe.

Un autre silence s'étire entre nous, puis Daphné souffle :

— Tu pourrais vérifier... à la morgue ?

Mon cœur manque un battement et cette fois, je commence à sentir une angoisse sourde monter en moi.

Je l'assure de la tenir au courant avant de raccrocher. Immobile dans le couloir, j'ai un peu de mal à rassembler mes pensées, comme si une chape de plomb s'était abattue sur moi.

— Andy ? Il faut y aller. Penny a peut-être besoin de toi.

Le regard que me lance mon frère m'incite à me remettre en mouvement. Il est temps que je reprenne ma vie en main. Je ne sais pas d'où me vient cette pensée, mais c'est une évidence : je ne peux pas passer mon temps à avoir peur de ce qui pourrait mal tourner. Je dois agir et faire au mieux. C'est déjà ce que j'ai fait avec Zita. Je n'ai aucune certitude sur sa guérison, mais je ne dois pas me laisser aller.

— Je peux t'accompagner, si tu veux, propose Levy.

Je hoche la tête en guise d'assentiment.

— Qu'est-ce que tu veux faire pour Zita ? demande-t-il.

— Il faut la surveiller pour s'assurer qu'elle va

bien, mais je n'ai pas besoin d'être présent.

En fait, j'ai ma petite idée sur la manière de régler cette partie du problème. Mon frère et moi regagnons mon service où je distribue les directives à mon équipe. Je vérifie auprès de la morgue qu'il n'y a aucun corps correspondant à la description de Penny.

Lorsque je suis assuré que Penny n'est pas dans l'hôpital, je prends Zion, mon interne, à part. Sa mission est simple : il doit surveiller Zita toute la journée.

— C'est noté, chef.

Cet interne est vraiment sérieux et j'ai confiance en lui.

— Je ne veux pas qu'on lui fasse d'examens aujourd'hui. Le traitement de *For Labs* la fatigue et elle a besoin de beaucoup de repos.

Zion acquiesce.

Lorsque Levy et moi quittons l'hôpital, je suis rassuré sur le fait que Zita est entre de bonnes mains, mais inquiet à la perspective qu'il soit arrivé quelque chose à Penny.

Plus j'y réfléchis, plus j'en viens à me dire qu'il y a un problème. Penny et Daphné sont très proches, elle n'aurait pas laissé sa sœur sans nouvelles.

— Tu veux y aller en voiture ? demande Levy.

Je fais bouger mon aile blessée pour m'assurer d'être en état de voler avant de lui répondre :

— On ira beaucoup plus vite par les airs.

Levy hoche la tête et l'instant suivant, il prend son envol. Je le suis tout en grimaçant sous l'effet de la douleur qui me traverse. Il me faut quelques minutes pour me détendre et trouver une manière de bouger qui soulage la tension dans mon aile intacte.

Je prends la direction de Sainte Mary, Levy dans mon sillage. Si Penny est à l'orphelinat, je la trouverai.

Il ne nous faut pas longtemps pour rejoindre l'établissement. Nous nous posons dans un coin à l'abri des regards.

— Je ne suis plus venu ici depuis notre intervention pour stopper Joakam[4], fait remarquer Levy.

Je me contente de hocher la tête, l'esprit tourné vers Penny.

— Tu sais qu'il y a un moyen plus efficace de la retrouver ?

Je fronce les sourcils tout en dévisageant mon frère. Il a un air mystérieux sur le visage.

— Tu pourrais la localiser, comme Éros, Caleb et Élon sont capables de le faire avec leur âme sœur, dit-il enfin.

— Ce n'est qu'une théorie, marmonné-je.

— À partir du moment où trois de nos frères y arrivent, je trouve que ce n'est plus une théorie…

— Peut-être que Penny n'est pas mon âme sœur.

À l'instant où les mots franchissent mes lèvres, je sens mon cœur se tordre douloureusement.

Tu peux mentir autant que tu veux, mais tu sais que c'est faux.

Comme d'habitude, la voix de ma conscience est là pour me remettre sur le droit chemin, et cette fois non plus je n'y coupe pas.

— Je ne sais pas ce qu'il s'est passé entre vous, réplique Levy, mais je sais reconnaitre deux personnes faites l'une pour l'autre quand je les vois.

— Tu n'es pas exactement le mieux placé pour parler des relations sentimentales…

Ma pique fait mouche, Levy détourne le regard. Il est toujours prompt à nous servir des leçons de morale, alors qu'il n'a personne dans sa vie.

— Je n'ai pas dit que nous avions *tous* une âme sœur, Andréas, ce que j'ai constaté c'est que nos frères ont trouvé une humaine qui leur correspond, et je pense que c'est aussi ton cas.

Une voix nous interpelle, mettant fin à notre discussion :

— Eh bien, deux Cupidon pour le prix d'un ! Qu'est-ce que vous faites dans ce coin de la ville ?

Nous tournons la tête pour voir Priyanka approcher.

CHAPITRE 24

PENNY

La pièce se met à tanguer, les formes se mélangent et les couleurs des objets autour de moi semblent couler pour former des flaques sur le sol... Les bruits me parviennent tantôt plus fort, tantôt assourdis, comme si un ingénieur du son s'amusait avec moi.

Je me sens légère, si mes pieds décollaient du sol à cet instant, je n'en serais pas surprise. Une drôle de sensation me parcourt et mon regard se pose sur mes mains, elles me mettent à palpiter et à briller jusqu'à laisser entrevoir le réseau de mes veines en transparence. Plongée dans la contemplation du phénomène, c'est tout juste si je me rends compte qu'un bras enserre ma taille.

— Je savais que tu reviendrais.

Des lèvres se plaquent dans mon cou puis un souffle chaud frôle ma joue. Ce contact réveille une partie de moi qui semble enfouie sous une montagne de sable, telles les pyramides égyptiennes avant qu'on ne les redécouvre.

Penny ! Résiste !

Je me mets à tanguer et le bras inconnu resserre sa prise sur ma taille, m'empêchant de m'effondrer sur le sol en béton brut.

Mes paupières se font lourdes. Le marchand de sable est-il déjà passé ? Je glousse à cette idée. Le son qui s'échappe de ma gorge me surprend et je mords dans ma lèvre pour arrêter ce bruit étrange, mais c'est peine perdue, même quand mes dents entament ma peau et qu'un gout de sang emplit ma bouche, je n'arrive pas à réfréner cet accès d'hilarité. Ce fou rire me prend et me secoue.

— Il faut te calmer, Penny.

Un visage familier entre dans mon champ de vision, et l'infime partie de moi qui est encore consciente de la situation réussit à étouffer ce rire étrange.

Riley…

Mon cœur bat plus fort et je tente de me soustraire à son étreinte, mais c'est peine perdue : mon ex me maintient fermement et je ne suis pas en état de lutter.

Il fait claquer sa langue :

— Où comptes-tu aller, ma chérie ?

Ce petit surnom provoque un autre déclic en moi et je commence à reprendre pied. Les souvenirs refont surface : Riley m'a forcée à prendre une dose de sa came, présentée sous la forme d'une petite feuille d'or.

— Tu viens de retrouver ta place, c'est pas le moment de me fausser compagnie. Je savais que tu reviendrais, Pen. J'ai attendu cet instant… Tu peux même pas imaginer à quel point tu m'as manqué.

Riley parle comme si j'étais en état de lui répondre, ce qui n'est pas le cas. Si mon cerveau est en train de reprendre le dessus, je ne maitrise pas mes membres et mon corps s'effondrerait telle une poupée de chiffon si la solide poigne de Riley ne l'en empêchait pas.

Attention, Penny ! Ne lui montre pas que t'es consciente.

L'alerte vient de ma conscience qui semble veiller au grain pendant mon « absence ». Et je reconnais qu'elle a raison : il ne faut pas que Riley se rende compte que la drogue commence à faire moins effet. Il serait capable de m'en redonner une dose pour me faire planer et la perspective d'une overdose me donne la chair de poule. J'ai envie de pleurer.

Mon regard parcourt la salle et mon cœur manque un battement quand j'aperçois Niall. Le jeune homme est dans un sale état : assis à même le sol au fond de la pièce, il a le regard perdu dans le vide. Je suis prête à parier qu'on lui a donné la même drogue qu'à moi.

Un élan de panique m'envahit quand je comprends que je suis impuissante. Je n'ai pas réussi à me protéger, comment pourrais-je aider Niall ?

Je sens qu'on m'entraine dans une autre direction, et c'est à cet instant que je comprends que j'essayais de me diriger vers Niall.

— Tu seras bien mieux ici, déclare Riley.

On me pousse et l'espace d'un court instant je flotte dans le vide. La chute n'est pourtant pas longue avant que j'atterrisse sur un matelas. J'ai vaguement conscience de l'étrangeté de la situation puis je comprends que je suis sur un canapé.

Riley apparait dans mon champ de vision : il est en train de s'adresser à son groupe. Une bonne dizaine de personnes est présente, et les mots de mon ex s'envolent dans la pièce, pourtant je n'en saisis aucun car à cet instant, l'ingénieur du son qui loge dans mon crâne se remet à faire des siennes. Et après lui, c'est le responsable des effets spéciaux qui entre en scène : le décor se met à tourner et à se déformer. Je crois que je ne serais pas dans un meilleur état si j'avais fumé le pétard du chat dans Alice au Pays des Merveilles.

La simple idée d'attraper le gros matou pour lui chatouiller le ventre me fait éclater de rire. Je ne sais pas si on remarque ma réaction inappropriée, toujours est-il que personne ne s'intéresse plus à moi.

Je ris encore et encore, mon corps soubresaute et je finis par glisser en position allongée. Le décor est penché, ce qui ajoute encore à mon hilarité.

— Il faut bouger !

La voix qui vient de s'exprimer à couvert le vacarme ambiant le temps de quelques secondes, et ensuite, on dirait qu'on a déclenché une alarme incendie ou un truc du genre car tout le monde se met à courir dans tous les sens.

Mon rire se tarit et j'assiste à la scène, allongée

sur le côté. Le sous-sol se vide, même Riley quitte la pièce. Mon intuition me dit qu'il y a quelque chose qui ne tourne pas rond, mais je suis bien incapable de réagir de manière adéquate.

Foutue drogue de merde !

Et soudain, la bile remonte dans ma gorge et je retrouve juste assez de contrôle sur mes mouvements pour rendre le contenu de mon estomac sur le sol. On dirait qu'il y a une énorme quantité de liquide qui ne demande qu'à s'échapper de mon corps car je vomis plusieurs fois d'affilée.

Quand plus rien ne sort, je me mets à tousser ce qui ne fait qu'accentuer la sensation de brulure au fond de ma gorge. Enfin, j'arrive à me redresser, mais le mouvement trop brusque me donne le vertige et la pièce se met à tanguer autour de moi.

Je crois qu'il me faut un long moment pour arriver à m'éloigner du canapé de quelques pas. Malheureusement, il n'y a aucun mur auquel m'appuyer, et je dois traverser la pièce sans point d'appui. Quand j'arrive près de Niall, je m'effondre sur le sol à ses côtés.

Son regard est un peu vitreux. Un long frisson d'effroi remonte le long de mon dos tandis que de la sueur glacée coule sur mon visage. Mon estomac se contracte et je redoute un instant de vomir à nouveau, mais rien ne vient.

Je prends une grande inspiration avant de poser la main sur le bras de mon jeune protégé.

— Niall, c'est moi.

Ma voix résonne à l'intérieur de ma tête et je

grimace sous l'effet du mal de tête qui se déclare.

Je crois qu'une éternité s'écoule avant que Niall ne tourne la tête dans ma direction, mais je décide de considérer cette légère réaction comme un signe positif.

— C'est Penny. Tu m'entends ?

Les paupières du jeune homme se ferment un instant avant de se rouvrir. J'ai l'impression qu'il y a une petite lueur au fond de ses yeux, mais peut-être que je suis en train de l'imaginer... Qui sait dans quel état je me trouve vraiment ?

Je serre plus fort le bras de Niall, comme si ce simple geste avait le pouvoir de nous faire revenir au présent. Bien sûr, ce n'est pas le cas. J'ai beau presser sa manche, Niall ne réagit pas plus qu'un battement de paupières.

Une colère froide se diffuse en moi en pensant au responsable de cette situation... J'en grince presque des dents tellement j'en veux à Riley.

— Penny ?

La voix de Niall n'est qu'un souffle à peine audible, mais je l'ai entendue.

— Je suis là.

J'aimerais le rassurer, mais s'il a la moindre lucidité derrière le barrage formé par la substance qu'on nous a forcés à ingurgiter, il doit bien savoir que je ne suis pas en état de l'aider. Pas plus que je ne peux me sauver moi-même.

Je déteste me retrouver en position de faiblesse. Ce n'est pas moi ! Je suis courageuse et je sais prendre soin de moi, me protéger...

Qui essaies-tu de convaincre ?

Faute de mieux, je chasse mes pensées pour me concentrer sur Niall. J'articule difficilement :

— Tu vas bien ?

— Soif…

Je regarde autour de moi et ce simple mouvement provoque des flashs dans ma tête. Je serre les dents en attendant que ça passe.

Riley m'a droguée et je compte bien le lui faire payer ! Il ne s'en sortira pas si facilement cette fois. Les souvenirs profitent de mon état de faiblesse pour remonter à la surface et je me retrouve projetée quelques mois plus tôt…

Il était tard, je marchais pour rejoindre ma voiture garée sur le parking du restaurant où je bossais comme serveuse, quand soudain une main avait agrippé mon bras.

— Tu pensais pas que j'allais te laisser t'en aller ?

La voix de Riley avait grincé à mon oreille, faisant courir un frisson de peur le long de mon échine.

Je me dégageai de sa poigne, bien décidée à m'éloigner de lui. Mais Riley ne l'entendait pas de la même oreille et il tira sur mon bras pour me faire pivoter. Coincée entre son corps et la carrosserie de ma voiture, j'assistai impuissante à son approche.

Je n'arrivais même plus à me souvenir de l'époque où Riley me faisait de l'effet… À cet instant, il ne provoquait plus que de la répulsion et la simple idée qu'il puisse à nouveau me toucher me répugnait.

—Je vais rentrer chez moi, dis-je simplement. Et tu vas me laisser faire.

Mais, loin d'être convaincu, mon ex m'offrit un sourire mauvais, celui qu'il destinait habituellement à ses ennemis. À nouveau, un frisson parcourut mon corps, me laissant tremblante. J'espérai que Riley ne se rendait pas compte de ma gêne et carrai les épaules pour lui tenir tête.

— Compte pas là-dessus, Pen. T'es à moi, et mes possessions ont une place attitrée.

Je ne pouvais pas m'empêcher de regarder par-dessus son épaule pour chercher une solution. Ses menaces m'effrayaient, mais nous étions dans un endroit public, et je savais qu'il ne se risquerait pas à me faire du mal ici.

Du moins, je l'espérais…

— T'as perdu ta langue, ma chérie ?

Ce surnom ridicule m'insupportait, et Riley le savait, pourtant il persistait à l'utiliser. Encore une manière pour lui de signifier que je ne représentais rien pour lui, ou plutôt pour me faire comprendre qu'il avait un pouvoir sur moi.

Mais maintenant, je ne voulais plus de lui dans ma vie. Et il était hors de question que je retourne dans son sale trou à rats au centre-ville.

J'aurais pu lui dire le fond de ma pensée, mais je le connaissais trop pour m'y risquer. Car au bout du compte, Riley obtenait toujours ce qu'il voulait…

Et puis soudain, il m'attira contre lui pour me serrer dans ses bras. J'avais envie de vomir de sentir son odeur.

— Tu m'as manqué, Penny…

J'étais raide comme un piquet, incapable de trou-

ver la force de me dégager de cette étreinte forcée. Le regard rivé sur la façade du restaurant, la solution s'offrit à moi quand mon manager, Dex, franchit le seuil.

Un cri s'éleva dans l'air, et je mis un quart de seconde à comprendre qu'il provenait de moi. Sous l'effet de la surprise, Riley desserra sa prise, et c'était tout ce qu'il me fallait pour m'enfuir.

— Dex !

Je hurlai, mais peu m'importait car je comptais sur la large carrure de mon manager pour me protéger.

— Penny !

La voix de Riley contenait toute la rage et la frustration de me voir m'échapper.

Le reste de la scène se passa comme je l'espérais : Dex fit barrage entre Riley et moi. Il alla même jusqu'à le maitriser et appeler la police. Ce que je n'avais en revanche pas prévu, c'était de me blesser dans l'altercation.

Je tombai et me foulai la cheville, m'obligeant quelques jours plus tard à aller à l'hôpital où un certain pédiatre s'occupa de moi...

— Andréas !

Le son de ma propre voix me ramène au présent et au sous-sol glauque dans lequel Riley m'a tendu un piège. Le désespoir me tombe dessus : il n'y a aucune chance que je revoie Andréas. Maintenant que Riley m'a trouvée, il ne me lâchera plus jamais.

CHAPITRE 25

ANDRÉAS

Après avoir vu Priyanka à Sainte Mary et avoir vérifié que Penny ne s'y trouvait pas, nous sommes tous réunis chez Éros. Ce dernier tient Daphné dans ses bras, le visage de la jeune femme est rongé par l'inquiétude et les larmes menacent de rouler sur ses joues.

— J'ai mis mes collègues sur le coup, nous informe Caleb après avoir raccroché son téléphone. On va la retrouver.

Son ton est rassurant, pourtant Daphné ne semble pas convaincue.

— Il y a tellement d'enlèvements et d'agressions dans cette ville, souffle-t-elle.

Éros resserre sa prise autour de ses épaules :

— On va s'en occuper.

— Je suis certaine que son ex est dans le coup, un vrai salopard ce type, commente Priyanka.

Elle nous a déjà parlé de cet homme qui est venu retrouver Penny à son nouveau travail, et je serre à nouveau les poings. Mon impuissance me noue le ventre.

Levy me lance un regard et il n'a pas besoin de parler pour que je comprenne le message : il est persuadé que je suis capable de localiser Penny. Mais j'ai de gros doutes. Si c'était le cas, n'aurais-je pas une sorte de feeling ? Mon sixième sens ne serait-il pas en état d'alerte ? Et en même temps que l'impuissance, c'est la tristesse qui me gagne.

Je suis certain d'aimer Penny... C'est une évidence depuis des mois maintenant. À vrai dire, je suis tombé amoureux d'elle à la seconde où nos regards se sont croisés. Je n'avais jamais prêté une grande attention au concept humain du coup de foudre, pourtant, c'est ce qui est arrivé dans cette chambre d'hôpital.

Et tu as été tellement lâche que tu n'as pas voulu le reconnaitre jusqu'à maintenant.

La voix de ma conscience qui se manifeste me fait l'effet d'un électrochoc ! Et à cet instant, je décide que c'en est fini : je ne veux plus jamais me sentir faible et impuissant.

Mon regard se pose sur Éros. Oui, j'ai des choses à apprendre de chacun de mes frères, à commencer par lui. S'il est orgueilleux, Éros a au moins le mérite d'être sûr de ses capacités et de ne jamais douter de sa valeur. Contrairement à moi...

Caleb, de son côté, a affronté ses démons pour mieux avancer, même Élon et Levy font mieux que moi.

Je me redresse :

— Levy, tu peux venir s'il te plait ?

Mon frère hoche la tête et nous quittons l'appartement. Lorsque nous arrivons sur le toit de l'immeuble, je me tourne vers Levy.

— Qu'est-ce qui t'arrive, Andy ?

— Tu veux dire en plus de la disparition de la femme que j'aime ?

— Tu l'admets enfin.

Je hausse les épaules.

— J'en ai marre de me retrancher derrière des excuses. J'aime Penny, et je veux l'aider. Dis-moi ce que je dois faire. S'il y a la moindre chance que je sois vraiment son âme sœur, il faut que j'essaie de la sauver.

Levy hoche la tête tout en réfléchissant un instant, finalement il me dit :

— Élon a été capable de repérer Sienna. S'il y est arrivé, tu dois pouvoir le faire aussi.

L'exaspération me gagne.

— C'est bien gentil, mais comment je m'y prends, concrètement ?

— Ferme les yeux.

Je fronce les sourcils, pas convaincu par la directive de mon frère, mais j'obtempère néanmoins :

— Et maintenant ?

— Maintenant, pense à elle. À votre rencontre, aux bons moments que vous avez partagés.

Je suis ses instructions et je remonte le fil de mes souvenirs. Depuis la chambre d'hôpital, au moment où nos regards se sont croisés et où mon cœur a manqué un battement tellement je l'ai trouvée belle. Puis je me souviens de *la nuit*[5]… Cet instant où tout a basculé entre nous, à notre premier baiser et à ceux qui ont suivi. Je la revois dans la chambre de Candice, chez Élon. Son parfum flotte autour de moi, je peux sentir la douceur de sa peau sous mes doigts quand nous avons fait l'amour.

Ma gorge se serre tandis qu'une chaleur nouvelle envahit ma cage thoracique. Diffuse au départ, elle se met à grandir à mesure que je convoque les souvenirs de Penny.

Quand j'ouvre les yeux, je me rends compte qu'un filament de lumière sort de mon plexus, il scintille dans les airs. Je m'adresse à Levy :

— Tu vois ça ?

— Non, quoi ?

— Ça !

Je désigne mon torse et le filament qui s'étire dans le ciel. Levy suit mon mouvement des yeux avant de secouer la tête :

— Il n'y a rien.

Je n'ai pas besoin que mon frère voie la même chose que moi, tout ce qui compte, c'est que je sens que ce filament me relie à Penny.

— Tu avais raison, Levy. Je peux la localiser.

— Super ! Je vais chercher les autres et on…

Mais il n'a pas le temps de terminer sa phrase que je me propulse dans les airs, impatient de retrouver celle que j'aime. Mon aile est toujours douloureuse, je guéris vite mais il me faudra encore quelques jours pour me régénérer, pourtant je ne la sens plus. Tout ce que je perçois, c'est cette chaleur qui se diffuse en moi et qui agit comme une force magnétique. Plus je vole et plus c'est puissant, m'indiquant de manière intuitive que j'approche de mon but.

J'ai une pensée pour mes frères, la prudence voudrait que je les attende, mais je ne peux pas lutter contre ce courant d'énergie pure qui me guide. J'ai la certitude qu'il va me conduire jusqu'à Penny.

Mes pensées sont entièrement dirigées vers elle, son visage est dans ma tête, ses grands yeux essaient de communiquer avec moi et elle me sourit… J'ai conscience qu'il ne s'agit que d'un effet de mon imagination, mais peu m'importe du moment que je la rejoins.

Le filament lumineux est de plus en plus brillant à mesure que j'avance. La ville s'étend en dessous de moi, je me rends vaguement compte que je me dirige vers le centre-ville, mais cela n'a pas d'importance. Tout ce qui compte, c'est cette intuition que je progresse dans la bonne voie.

Je finis par me poser sur le toit d'un immeuble. Le filament lumineux me conduit dans la cage d'escalier que je descends à toute vitesse, de plus en plus pressé de rejoindre Penny.

Pourtant, ma progression est stoppée par une porte gardée. Deux humains se tiennent là, et à voir leur mine peu engageante, je comprends qu'ils ne me laisseront pas passer.

Le filament traverse la porte, et je suis frustré à la perspective de ne pas pouvoir le suivre.

— Dégage d'ici, lance un des deux gardes.

Il retrousse ses lèvres d'un air menaçant, mais

toute forme de prudence semble m'avoir quitté car je ne bouge pas. Le deuxième gars me jette un coup d'œil qui me donne le sentiment d'être un insecte insignifiant.

Tant mieux ! S'il me croit inoffensif, je pourrai peut-être entrer.

— On m'attend, assené-je d'une voix assurée.

Celui qui m'a demandé de partir me lance un regard dubitatif.

— C'est qui « on » ?

Alors je dis la première chose qui me passe par la tête :

— Le chef.

Cette fois, les deux hommes échangent un coup d'œil entendu avant que le premier ne fasse craquer ses doigts. Mes genoux se plient un peu pour me mettre dans une position de parade parce que je sens que la situation vient de tourner à mon désavantage.

S'il y avait un mot à ne pas dire, apparemment je viens de le prononcer. J'y suis allé au bluff, et la réaction des deux gardes me prouve que leur chef est bien là, mais que je n'ai pas suivi la bonne procédure pour me faire annoncer.

— Je sais pas qui t'es, mais t'as rien à faire ici, me lance le même garde.

Le deuxième semble avoir perdu sa langue…

— Je ne m'en irai pas.

De fait, je ne bronche pas. J'ai conscience qu'il s'agit du calme avant la tempête parce que les deux hommes sont tout aussi déterminés que moi, le problème, c'est que nous avons des objectifs opposés.

Le deuxième garde fait craquer son cou avant de reporter son regard sur moi, il a un petit sourire mauvais quand il me répond :

— Comme tu voudras.

Et c'est le signal de départ : les deux hommes se ruent sur moi. J'esquive leurs coups du mieux que je peux étant donné mon état de convalescent, mais j'ai encore tous mes réflexes et le courant lumineux qui se dirige tout droit vers la porte me donne l'énergie qu'il me faut.

Le premier garde essaie de me donner un coup de poing au visage, mais je me baisse rapidement pour l'éviter tout en faisant tourner ma jambe pour le faucher sur place. Il s'écroule sur le sol, avant de se relever rapidement, mais son collègue le devance :

— Gart ! Laisse-le-moi.

— Gart ? C'est pas ton vrai prénom au moins ?

La voix d'Éros nous surprend tous, je jette un coup d'œil par-dessus mon épaule pour m'apercevoir que mes frères sont tous là.

Je reporte mon attention droit devant au moment où le dénommé Gart passe la porte, laissant seul son collègue. Ce dernier nous regarde les uns après les autres, et finit par lever les mains :

— Okay, vous pouvez passer.

J'entends un ricanement derrière moi, et je ne sais pas lequel d'entre eux est en train de se marrer, mais je m'en fiche. Tout ce qui compte, c'est que la porte est maintenant ouverte et que je peux la franchir.

Un long couloir plongé dans la pénombre se trouve derrière. Les lieux sont à la limite de l'insalubrité et je me demande ce que Penny vient y faire. Mais je n'ai pas le temps de me poser plus de questions car je débouche dans une salle.

Un comité d'accueil s'y trouve sous la forme d'une dizaine d'hommes armés. Je m'arrête net et mes frères me rejoignent. Des cliquetis s'élèvent aussitôt, nous prévenant que nos adversaires sont prêts à faire feu à la moindre occasion.

Je sais que Caleb est armé lui aussi, déformation professionnelle de son métier de flic, mais je suis certain qu'il ne pourra pas neutraliser tous ces hommes sans qu'il n'y ait de blessés.

Caleb s'approche de moi :

— Je peux gérer la situation.

— Laisse-moi m'en charger. Vous interviendrez quand je le dirai.

Notre échange est interrompu par une voix qui provient de l'arrière du groupe.

— Messieurs !

Les humains s'écartent pour laisser passer un homme que je ne connais pas mais qui est de toute évidence leur chef. Il s'adresse à moi, sans doute parce que je suis en première ligne :

— Vous êtes sur mon territoire.

— Je cherche une amie.

De fait, le filament lumineux brille de plus en plus fort et il se perd derrière le groupe armé.

Les yeux de mon interlocuteur se plissent tandis qu'il m'observe des pieds à la tête. Son ton est dédaigneux quand il me répond :

— Elle est pas là.

— Tu ne m'en voudras pas si je vérifie.

Il a un petit rire :

— T'as pas bien compris, Andréas, je te laisserai pas passer. Tu peux rentrer chez toi avec ta petite bande.

Je suis surpris qu'il connaisse mon prénom, et c'est alors que je comprends qui est en face de moi… L'ex de Penny :

— Riley.

— Je dirais bien que je suis enchanté de te connaitre, mais bon… T'as compris, quoi.

J'ignore sa réponse :

— Laisse partir Penny.

— Elle est pas prisonnière, elle est ici parce que nous sommes ensemble et qu'elle veut plus te voir.

— Bon, on va arrêter les conneries, le coupe Éros.

Je lui lance un coup d'œil par-dessus mon épaule pour l'inciter à se taire.

— Quoi ? On n'a pas que ça à faire et ce mec est un guignol, rétorque mon frère.

— En attendant, le rapport de force est à mon avantage, répond Riley.

Je comprends que nous sommes dans une impasse et qu'il n'y a aucune chance que je retrouve Penny sans qu'on se batte.

La voix de Caleb s'immisce dans ma tête :

Fonce dans le tas, on s'occupe des armes.

D'un commun accord nous évitons de communiquer de cette manière qui est assez intrusive, mais à situation exceptionnelle, moyens exceptionnels.

— Riley, je te laisse une dernière chance de nous rendre Penny, après ça, je ne réponds plus de rien.

Riley me dévisage un instant… avant d'éclater de rire. Il reprend vite son sérieux :

— Attends ! Toi, tu me menaces ?

Il fait un mouvement pour désigner son groupe :

— T'as vraiment cru que t'avais l'avantage ?

Il recule pour se trouver au milieu de sa troupe puis s'adresse à ses hommes :

— À vous de jouer !

C'est le signal que tout le monde attendait pour se lancer dans une bataille. Soudain, le néon éclate et je comprends que Caleb a plongé tout le monde dans le noir pour nous donner l'avantage : notre vision nocturne n'est peut-être pas aussi bonne que de jour, mais nous y voyons assez pour nous déplacer.

Quelques coups de feu partent, avant qu'une voix ne s'élève :

— Ne tirez pas ! On va s'entretuer, idiots !

Je ne reconnais pas le timbre grinçant de Riley. J'ai l'intuition qu'il est déjà parti retrouver Penny.

CHAPITRE 26

PENNY

Je tangue un peu tandis que je progresse dans la pièce. Il me faut du temps pour trouver une bouteille d'eau.

Je suis sur le point de retourner auprès de Niall pour la lui donner quand une voix bien trop familière me glace le sang :

— Où crois-tu aller comme ça, Pen ?

Je n'ai pas à bouger car, comme dans mon souvenir, Riley agrippe mon bras et me force à lui faire face.

La fureur qui transparait dans son regard me terrorise, mais ce n'est rien à côté de la frayeur qui me gagne quand j'entends des coups de feu tirés pas loin de nous.

Je n'ai pas le temps de réagir car Riley me traine à travers la salle, sans tenir compte du fait que je ne tiens pas bien sur mes jambes. J'essaie de résister, mais il tire encore plus fort, m'arrachant un cri de douleur.

Il tourne la tête vers moi :

— Dépêche-toi !

Je tire de plus belle pour le faire lâcher, mais je n'obtiens pas l'effet recherché : Riley fait un pas dans ma direction et sa main s'abat violemment sur ma joue. Des éclairs de douleur éclatent dans ma tête et je grogne.

Sans attendre, Riley me soulève et me pose sur son épaule comme un vulgaire sac de pommes de terre. Je n'ai plus la force de me débattre et cette position me donne envie de vomir.

J'ai conscience qu'il emprunte une sorte de couloir caché puis il monte des marches. Plusieurs niveaux défilent avant qu'un courant d'air me fouette le visage.

Riley me pose sur mes pieds, mais le décor se met à tanguer autour de moi et je peine à me maintenir debout.

— Penny !

La voix familière fait accélérer les battements de mon cœur, je pivote sur mes jambes, mais mon corps atteint sa limite et je chancelle.

— C'est pas le moment de trainer ! siffle Riley dans mon oreille avant de tirer sur mon bras.

Mais je n'ai aucune envie de le suivre, je veux rejoindre Andréas dont j'ai reconnu la voix derrière nous. Riley m'en empêche et je le maudis de m'avoir droguée.

— Espèce de lâche !

— Tu peux dire ce que tu veux, en attendant, t'es avec moi, et pour un bon bout de temps.

La colère qui monte en moi m'aide à regagner un

semblant de contrôle sur mon corps.

— Tu peux m'obliger à te suivre aujourd'hui, mais je me battrai toujours pour te quitter.

Je manifeste une force que je ne savais même pas posséder. Je continue :

— Chaque fois que tu baisseras ta garde, je te fausserai compagnie.

Un rictus mauvais tord la bouche de Riley.

— Tu crois être la plus forte... mais j'ai quelque chose que tu veux.

Je secoue la tête en dépit des signaux de douleur que cela provoque dans mon crâne. Riley sort de sa poche ce qui ressemble à un carnet. Il l'ouvre et me montre une feuille dorée. Je la reconnais : il m'a forcée à en ingurgiter des semblables.

— Je ne veux pas de cette merde !

— Peut-être pas, mais ton corps va en demander, encore et encore... Quand on y a gouté, on en veut, et c'est sans fin. Or, il n'y a que moi qui pourrai t'en procurer.

Son petit laïus est interrompu par l'arrivée d'Andréas. Riley se tend à côté de moi, et il se place devant moi. Je n'ai pas la naïveté de croire qu'il veut me protéger quand, en réalité, il veut s'assurer que je ne m'enfuie pas.

— Reste où tu es ! lance-t-il en guise d'avertissement.

Le regard d'Andréas trouve le mien, et ce que je lis dans ses prunelles me rassure : il est là pour moi.

— Andy...

Ma voix est basse, mais il m'a entendue. Il tend

une main vers moi pour me faire signe de le rejoindre. Je fais un pas en avant, mais c'est sans compter sur Riley qui me barre le chemin.

— Tu vas nulle part.

L'attention d'Andréas se reporte sur mon ex. Son visage est un masque de dureté :

— Laisse-la partir.

Riley ricane avant de sortir un revolver de la ceinture de son pantalon, il retire le cran de sécurité avant de le pointer sur Andréas :

— Sinon quoi ? Tu crois que tu me fais peur ?

À cet instant, je remarque qu'une aile d'Andréas est abimée, comme si l'extrémité était cassée, mais je n'ai pas le temps de m'en préoccuper plus que ça, car il répond :

— Je suis prêt à tout pour la sauver.

Cette seule phrase suffit à me redonner du courage et je repousse violemment Riley pour me diriger vers Andy. Je suis prête à tout pour ne plus être sous l'emprise de mon ex.

La voix de ce dernier s'élève dans mon dos :

— Penny ! Reviens ici !

Mais je ne l'écoute pas, je n'ai d'yeux que pour Andréas et nous nous dirigeons l'un vers l'autre. Il me réceptionne dans ses bras au moment où Riley éructe :

— Si je ne peux pas avoir Penny, alors personne ne l'aura !

L'écho de la détonation se fracasse contre le mur du bâtiment, se répercute dans mes tympans. Soudain, le décor tourne à toute vitesse, et la surprise passe dans les yeux d'Andréas juste avant qu'il n'étouffe un hoquet de douleur.

J'assiste, impuissante, à sa chute. Il me lâche avant de s'effondrer sur le sol, et soudain, la scène retrouve le son et les couleurs : tout s'enchaine, je vois plusieurs silhouettes fondre sur Riley, le désarmer et le maitriser. Je retrouve toute ma lucidité et tombe à genoux à côté d'Andréas.

— Andy !

Mon hurlement ne passe pas inaperçu et Levy me rejoint. Le regard d'Andréas ne me quitte pas, je peux lire la douleur sur son beau visage.

— Tu as pris la balle à ma place…

Le choc et l'horreur de la situation font couler les larmes sur mes joues.

Levy me parle, mais aucun mot ne me parvient. Je tiens le visage d'Andréas entre mes mains, vaguement consciente qu'une tache de sang s'élargit sur le sol derrière lui.

— Il faut qu'on le conduise à l'hôpital ! s'écrie soudain Caleb.

— On ne peut pas faire ça, lui répond Levy.

Une conversation s'engage entre les frères, mais mon attention reste focalisée sur Andy :

— Je suis désolée.

Il place sa main contre ma joue et je m'y appuie doucement.

— C'est moi qui suis… désolé.

Les spasmes de douleur le font bégayer.

— Je n'aurais… jamais dû te quitter. Je…

Un nouveau spasme, plus violent, le secoue. Il

ne termine pas sa phrase car ses frères s'interposent entre nous et je les regarde le soulever.

Élon s'approche de moi :

— Penny, viens, il faut s'en aller maintenant.

Mais j'ai les yeux rivés à Andréas et soudain, Caleb, Éros et Levy déploient leurs ailes avant de s'élever dans les airs.

Je sens que ma mâchoire se décroche, avant de me souvenir que la drogue inonde encore mon sang et que ce doit être la responsable de toutes mes hallucinations. Sans compter les effets secondaires de ma précédente overdose.

— Il ne faut pas rester ici, dit encore Élon.

Je tourne la tête pour le dévisager.

— Et pour Riley ?

Le jeune homme fait un signe de tête et je suis son mouvement pour découvrir que mon ex est allongé sur le sol, inconscient. Je devrais peut-être m'inquiéter de savoir s'il est en vie, mais après tout ce qu'il m'a fait, je n'ai plus aucune empathie envers lui.

— Il n'ira nulle part dans son état. La police se chargera de lui, m'explique Élon.

Peut-être qu'il ne pourra plus rien me faire, mais la réciproque n'est pas vraie. Sans tenir compte d'Élon qui attend que je le suive, je rejoins Riley et lui donne un gros coup de pied dans le ventre.

— Ça c'est pour tout ce que tu m'as fait !

J'ai conscience que mon geste est loin d'être classe ou courageux puisque je frappe un homme à terre, mais après tout ce qu'il m'a fait, il a au moins mérité ça.

La main d'Élon se pose sur mon épaule :

— Il faut y aller.

— On va récupérer Niall dans le sous-sol et ensuite je veux que tu m'emmènes à l'hôpital.

Il me regarde des pieds à la tête :

— Quelque chose ne va pas ? Tu es blessée ?

Je secoue la tête pour dire que non :

— Je veux aller voir Andy.

***

Élon ne m'a jamais conduite à l'hôpital. Les jours suivants s'écoulent sans que je ne revoie Andréas et mon inquiétude ne fait que croitre. Chaque fois que je pose des questions à Daphné, elle semble gênée et elle les élude. J'ai le sentiment qu'elle me cache quelque chose de grave et mes sentiments en prennent un coup.

Les effets de la drogue que Riley m'a donnée se sont dissipés, mais l'angoisse ne me quitte plus depuis que j'ai vu ses frères emporter Andréas. Il perdait beaucoup de sang après s'être pris une balle à cause de moi.

Comme à chaque fois que j'y pense, je sens un coup de poing dans mon estomac. Je suis responsable de ce carnage. Si Andréas n'y survit pas, ce sera à cause de moi.

Je ne peux pas empêcher mon cerveau d'imaginer les conséquences désastreuses du décès d'Andy et les larmes me montent aux yeux.

Mais aussitôt je me rassure : s'il était mort, Daphné me l'aurait dit. Or, ce n'est pas le cas. La gêne de ma sœur est perceptible chaque fois que nous sommes ensemble, et ça aussi, ça me tord le cœur. Nous avons toujours été très proches et unies, mais tout a changé depuis l'incident…

Tu es vraiment endommagée, Penny.

Oui, et j'en ai la preuve à chacune des visites d'Éros : ses larges ailes sont toujours présentes dans son dos.

Le temps passe, et ma conviction qu'Andy ne veut plus me voir gagne en intensité. Pourquoi ma sœur serait-elle contrainte de me ménager sinon ? Je ne vois que cette explication, et c'est loin de me faire plaisir.

Le passage dans le sous-sol de Riley a laissé de nouvelles séquelles : en plus des cauchemars de l'overdose, s'ajoutent ceux dans lesquels je suis de retour auprès de mon ex dans ses locaux lugubres…

Je frissonne et secoue la tête pour me concentrer sur ce que je suis en train de faire. Je suis tellement à fleur de peau que je sursaute quand une silhouette me rejoint dans la cuisine. Je tourne la tête vers Niall.

— Salut, Penny.

Il a un petit sourire que je n'arrive pas à lui retourner, déjà qu'avant je n'étais pas un modèle en la matière, maintenant que je m'inquiète sans cesse pour Andy, je ne suis plus capable de sourire.

Je lui retourne son salut et il enfile son tablier

pour m'aider. Nous n'avons pas reparlé de l'épisode avec Riley, mais je suis certaine que Niall n'est pas près de recommencer ce genre de connerie. Je devrais lui faire une leçon de morale, ou le mettre en garde, mais en fin de compte, je trouve que je ne suis pas la mieux placée pour le faire.

Le jeune homme s'occupe de préparer les desserts, je reconnais qu'il a un talent certain pour la pâtisserie, et j'espère sincèrement qu'il continuera dans cette voie.

Nous nous affairons tous les deux en silence, même la radio est muette. Ni l'un ni l'autre n'ayant manifesté son désir de l'allumer.

— Je suis désolé, Penny.

Les mots de Niall me surprennent au moment où je suis en train de placer un plat à gratin dans le four et je manque me bruler. Heureusement, j'évite la catastrophe et referme la porte.

Le jeune homme s'est approché de moi et son regard trouve le mien :

— Tout est de ma faute, si je ne m'étais pas laissé entrainer là-bas…

Cette idée me percute : depuis tout ce temps, Niall pense qu'il est responsable !

— Non, tu te trompes, contré-je. Si quelqu'un est en faute ici, c'est moi.

Niall secoue la tête et me coupe :

— J'aurais pas dû le suivre ! Il m'a parlé de mon frère, et j'ai cru qu'il le connaissait vraiment… J'ai pas compris que c'était un piège. Et si j'étais pas allé là-bas, tu serais pas venue pour me libérer.

Des larmes envahissent ses yeux et mon cœur se serre. Plongée dans ma propre souffrance, je n'avais pas imaginé que Niall puisse se croire responsable.

Je pose une main sur son bras pour l'apaiser et m'assure d'avoir toute son attention avant de lui parler de Riley et de notre passé. Je lui explique tout, je parle même de mon overdose. Je pourrais passer sous silence cet épisode peu reluisant de ma vie, mais j'estime qu'il doit être sur ses gardes et je préfère qu'il sache à quel point Riley est tordu. Juste au cas où mon ex sortait de prison et revenait dans les parages.

— Donc il s'en est pris à moi pour t'atteindre ? demande Niall quand j'en ai terminé.

Je hoche la tête, la gorge trop nouée pour prononcer un mot de plus. Pourtant, je devrais m'excuser, mais je n'y arrive pas.

Un silence passe entre nous, le temps que Niall réfléchisse à cette idée.

— Quel connard ! Si je le croise, je t'assure que je le…

— Tu ne lui feras rien, le coupé-je.

Niall fait de gros yeux comme pour dire qu'il n'a pas l'intention de m'écouter. Alors je prends un ton plus ferme pour lui dire :

— Niall, tu as un avenir prometteur devant toi. Tu pourrais devenir un pâtissier de renom un jour, il est hors de question que Riley gâche ta vie. Alors je veux que tu me promettes de ne rien tenter si tu le croises à nouveau.

Le jeune homme ne répond pas tout de suite, mais je ne le quitte pas des yeux, et il finit par hocher la tête. Je pousse un soupir de soulagement avant de le serrer dans mes bras.

— Tu comptes beaucoup pour moi, et je ne veux pas qu'il t'arrive quoi que ce soit.

Lorsque nous nous détachons l'un de l'autre, j'essuie la petite larme qui roule sur ma joue.

— T'es la grande sœur que j'aurais rêvé avoir, confie Niall tout bas.

Cette phrase toute simple me fait un bien fou. J'ai soudain l'impression que les choses s'arrangeront. Après tout, si Niall et moi avons réussi à nous apprécier et, maintenant, à compter l'un sur l'autre, c'est qu'il y a encore de l'espoir sur cette Terre.

CHAPITRE 27

ANDRÉAS

Ma blessure s'est maintenant refermée, mais mon interne, Zion, a insisté pour m'ausculter. Nous sommes dans une salle d'examen.

Les doigts du jeune homme vérifient les contours de la cicatrice.

— Je n'ai jamais vu quelqu'un guérir aussi vite…

Il y a une forme d'émerveillement dans sa voix, et ça dure depuis qu'il sait que je suis un ange. Peu d'humains sont capables d'appréhender la vraie nature de mes frères et moi, en général quand ils s'en rendent compte, ils l'oublient presque tout de suite. Mais pas Zion.

Quand mes frères m'ont amené ici après que j'ai reçu la balle tirée par Riley, c'est Zion qui s'est occupé de moi. Suivant mes instructions, il a fait le nécessaire pour retirer le projectile logé dans mon ventre et me recoudre.

Si à cet instant il n'avait pas déjà compris que j'étais *spécial*, là il en avait la preuve. Mais ce qui lui a mis la puce à l'oreille, c'est la guérison miraculeuse de Zita…

Pendant que mes frères et moi étions occupés à sauver Penny, sur mes instructions, Zion s'était chargé de ma patiente. Et la petite fille était sur pied l'après-midi même. Allant à l'encontre de mes directives, Zion avait effectué des analyses sanguines qui lui avaient vite appris que Zita était guérie. L'interne n'a pas manqué de me poser des questions à ce sujet dès qu'il en a eu l'occasion.

Poussé dans mes retranchements, je lui ai avoué la vérité.

— Je n'en reviens toujours pas, s'exclame-t-il en retirant ses gants en latex avant de les jeter dans la poubelle.

Je me rhabille et me redresse.

— Merci pour tout ce que tu as fait, Zion.

Le jeune interne hoche la tête, sans répondre.

— Je ne sais pas ce que j'aurais fait sans toi, ajouté-je.

Cette fois, Zion hausse les épaules :

— Tu aurais sans doute convaincu Levy de te retirer cette fichue balle.

Machinalement, je porte la main à ma poche où la balle en question est rangée. Pour une raison que je ne m'explique pas, j'ai décidé de la garder.

Je quitte la table d'examen et me dirige vers la porte, Zion sur mes talons. Nous prenons la direction du service de pédiatrie, pour rejoindre la chambre de Zita.

Je marque une pause sur le seuil pour observer ma petite patiente et ses parents. Zita est métamorphosée : débarrassée de ses capteurs et de sa chemise d'hôpital, elle ressemble à une petite fille ordinaire. Son regard s'illumine quand elle m'aperçoit.

— Docteur Andréas !

Elle court vers moi, sous le regard attendri de ses parents, et se colle contre ma hanche. Je tapote gentiment son épaule. Lorsqu'elle se détache de moi, ses joues sont rosies et son regard pétille.

Son père s'approche de moi et me tend une main que je saisis fermement.

— Merci, Docteur. Sans vous, Zita n'aurait jamais intégré cet essai clinique, et elle n'aurait pas guéri.

Je me contente de hocher la tête, et j'assiste au départ de la petite fille, le cœur rempli de joie. Si je suis satisfait du tour qu'ont pris les évènements en ce qui la concerne, je suis bien moins satisfait de ce qu'il se passe pour *For Labs*…

Caleb n'a pas menti quand il a dit qu'il mettait son équipe sur le coup, il n'a pas fallu longtemps pour déterrer les squelettes du laboratoire : certains essais cliniques ont été falsifiés. Une enquête fédérale est en cours, impliquant le laboratoire et des fonctionnaires haut placés. Si Driscoll a été renvoyé de son poste, il n'en reste pas moins qu'il est en liberté, avec la capacité de nuire à beaucoup de personnes.

C'est pour ça que je rejoins mes frères l'après-midi même chez Éros. Nous avons décidé de contacter Kaël, un *oublié* que nous connaissons bien et à qui nous faisons confiance. Il nous a expliqué que

Driscoll agissait en électron libre et qu'il ne serait pas contre l'idée de le neutraliser.

Alors que Kaël nous expose son plan pour capturer l'ancien PDG, Éros s'approche de moi :

— Penny s'inquiète pour toi.

Nous avons déjà eu cette conversation, Éros et moi, et je ne suis pas enclin à la renouveler. Mais mon frère ne l'entend pas de cette oreille, et il continue :

— Il faudra bien que tu acceptes de lui parler un jour ou l'autre. Tu lui en veux tant que ça ?

Je lui jette un regard en coin, étonné qu'il s'imagine que je puisse en vouloir à Penny.

— Tu es complètement à côté de la plaque, Éros…

Une lueur de colère passe dans son regard :

— Non, c'est toi qui es à côté de la plaque, Andréas ! Dans quel état est-elle d'après toi ? De son point de vue, tu étais à l'article de la mort la dernière fois que vous vous êtes vus, et depuis tu l'as ignorée.

— Ce n'est pas ce que j'ai fait !

— Je suis presque certain qu'elle ne voit pas les choses comme toi.

Mon frère reste buté sur son point de vue, et à mesure que j'y réfléchis, je commence à me rendre compte qu'il n'a pas tout à fait tort…

— Je voulais lui laisser du temps pour qu'elle se remette avant de la rejoindre et de tout lui dire, marmonné-je.

— Dans ce cas, il serait temps que tu passes à

l'action, Andréas. Avant qu'elle ne tire un trait sur toi.

Le briefing de Kaël touche à sa fin, et son plan est très simple : capturer Driscoll pour le remettre aux *oubliés* qui lui appliqueront leur propre système de justice.

— On n'a pas besoin de toi pour choper cette enflure de Driscoll, renchérit Éros.

— Après tout ce qu'il m'a fait, je ne compte pas vous laisser vous occuper de lui. C'est mon problème.

Éros secoue la tête :

— Justement, après tout ce qu'il s'est passé avec cette ordure, tu n'as plus une minute à lui consacrer, Andy. Réfléchis bien, qui est le plus important : Driscoll et ton envie de vengeance, ou Penny et votre avenir ensemble ?

— Je ne suis pas un lâche !

— Je n'ai jamais dit que tu l'étais, par contre, si prendre ta revanche sur Driscoll est plus important à tes yeux que retrouver la femme que tu aimes, peut-être que tu ferais mieux de ne plus la voir du tout.

Je dévisage mon frère tout en réfléchissant à ce qu'il vient de me dire. Se pourrait-il qu'il ait raison ?

— Ça me fait bizarre de l'admettre, mais sur ce coup-là, il faut écouter Éros, intervient Levy. Ce pourri de Driscoll va avoir la punition qu'il mérite, on va le mettre hors d'état de nuire. Tu peux nous faire confiance.

Je tourne la tête vers lui. Le reste du groupe a

visiblement décidé de s'y mettre car chacun y va de son petit conseil. Et finalement, c'est Caleb qui dit :

— La plus grosse pourriture ça reste Riley, tu as fait ce qu'il fallait pour sauver Penny. C'est le plus important. Driscoll ne mérite pas ton temps et ton attention.

Mon regard s'attarde sur chacun d'entre eux, et je peux lire leur détermination sur leurs visages. Ils sont prêts à se charger de Driscoll et j'ai confiance en eux pour gérer ça.

Je comprends alors qu'il est temps pour moi de rejoindre Penny.

***

Une fois devant la porte de l'appartement que Penny et Daphné partagent, je marque un temps d'arrêt. Et si elle refusait de me voir ? Le stress menace de me submerger. J'ai l'impression que mon avenir va se jouer dans les minutes qui viennent et la pression monte.

Je prends une inspiration avant de frapper à la porte. Il s'écoule quelques secondes avant que le battant ne s'ouvre. Et c'est le regard de Penny qui me cueille.

Sa silhouette me semble encore plus frêle qu'avant. A-t-elle perdu du poids ? Mon cœur se serre.

Nos regards sont rivés l'un à l'autre et aucun d'entre nous ne parle. Le silence s'étire, mais j'ai conscience qu'il faudra que je m'explique et que je m'excuse. Pourtant, tout ce que je suis capable de faire, c'est d'avancer et de la prendre dans mes bras.

Penny est figée contre moi, mais après quelques secondes, elle se détend et elle finit par m'étreindre en retour. Mes lèvres se posent sur son front, mais très vite, une forme d'urgence me gagne : il faut que je l'embrasse.

Je fais un pas en avant et, d'un mouvement du pied, referme la porte derrière moi. Je garde la main de Penny dans la mienne tout en la suivant dans le salon.

Le silence s'étire entre nous sans que je n'arrive à savoir ce qu'elle pense. Je me sens démuni face au regard de Penny.

— Je ne sais pas par où commencer, avoué-je finalement.

— Est-ce que tu vas bien ?

Il n'y a aucune animosité dans sa voix, bien au contraire, je perçois son inquiétude. Je comprends qu'elle parle de ma blessure.

— On m'a extrait la balle…

Je ne lui dis pas que la plaie est cicatrisée, pas tout de suite. Il y a tellement de choses qu'il faut que je lui explique d'abord…

— Tu ferais mieux de t'assoir, proposé-je.

Mais Penny n'est pas femme à se laisser dicter sa conduite, et elle se contente de hausser un sourcil étonné.

— Ou pas, ajouté-je, après tout, je ne pense pas que ça changera quoi que ce soit à ce que j'ai à te dire.

Je sens qu'elle se tend, son regard devient plus distant quand elle me dit :

— Autant arracher le pansement d'un coup sec... J'ai compris que tu ne voulais plus me voir...

— Quoi ?

Elle hausse les épaules :

— Même Daphné n'a pas voulu me donner de tes nouvelles, mais je ne poserai plus de questions. J'ai saisi le message...

Je pose les mains sur ses épaules pour attirer son attention. Quand elle me regarde dans les yeux, je lui explique :

— Je n'ai jamais voulu couper les ponts avec toi.

Une lueur de doute traverse son beau visage.

— Je t'assure que c'est même tout le contraire, Pen. Je n'ai fait que penser à toi pendant tout ce temps.

— Alors pourquoi ne pas m'avoir donné de nouvelles ?

Le reproche est perceptible dans sa voix, et je m'en veux d'avoir eu besoin de temps pour tout gérer.

— Il y avait des choses dont je devais m'occuper avant.

Elle s'apprête à répliquer, mais je continue :

— Je vais tout te dire, mais tu dois me promettre de m'écouter jusqu'au bout avant de prendre ta décision.

— Ma décision ?

Penny semble désorientée et j'ajoute :

— Oui, ta décision d'être avec moi, ou pas.

CHAPITRE 28

PENNY

J'ai fini par m'assoir. À mesure qu'Andréas m'expliquait tout, à commencer par sa nature angélique, j'ai dû trouver la force de digérer tout ça.

Quand il en a terminé, on pourrait entendre une mouche voler dans le salon.

— Dis quelque chose, Penny.

Je me contente de secouer la tête. L'incrédulité et le soulagement se disputent en moi. Incrédulité parce que j'ai du mal à croire à tout ce qu'il vient de me révéler : ses frères et lui sont des anges envoyés sur Terre. Ils ont des pouvoirs et ils aident les humains du mieux qu'ils le peuvent. Et soulagement parce que je comprends que je ne suis ni folle ni malade.

— Je vois tes ailes, murmuré-je.

Les mots sont sortis tout seuls, et je me sens libérée d'un poids. Andréas ne répond rien alors je cherche son regard. J'y lis toute sa perplexité. Et c'est à mon tour de m'expliquer :

— Je ne t'ai pas parlé de mon passé avec Riley…

— Qu'est-ce qu'il vient faire dans cette histoire ?

C'est au tour d'Andy de s'assoir. Nous sommes côte à côte sur le canapé, je me tourne vers lui.

— Il est responsable de tout… Enfin, peut-être pas tout, mais c'est de sa faute si j'ai testé la drogue. Quand nous étions ensemble, il avait une forte emprise sur moi, et il m'a convaincue de tester la « consommation récréative », comme il l'appelait.

Je marque une pause, le temps de rassembler mes souvenirs et de tout remettre en ordre pour que ça ait un sens. C'est étrange… J'ai gardé secrète cette partie de mon passé, même Daphné n'est pas au courant, mais à cet instant, je sens que j'ai la possibilité de l'exorciser une bonne fois pour toutes. Alors je n'hésite pas un instant :

— Le truc c'est qu'une fois qu'on commence, il est difficile de s'arrêter… Et j'ai plongé la tête la première. Je comprends maintenant que c'était une manière pour Riley de me garder près de lui. Sans ça, je serais partie depuis longtemps.

— Quelle enflure ! S'il n'était pas déjà derrière les barreaux…

Je pose ma main sur celle d'Andréas et il se calme tout de suite. Ce contact me fait un bien fou.

— Il n'était pas responsable de tout, j'aurais pu faire preuve de discernement au début de notre relation et le quitter quand il m'a proposé de la drogue. Mais je ne l'ai pas fait.

— Il n'aurait rien dû te proposer, pour commencer !

La colère fait briller le regard d'Andy.

— Bref… Riley a fait ce qu'il a fait, et moi je me suis enfoncée. Jusqu'à toucher le fond.

Je marque une pause parce que les souvenirs remontent et l'émotion me serre la gorge. Je prends une profonde inspiration avant de continuer :

— Un soir, nous étions dans son squat, il m'a proposé de la dope… J'ai accepté, mais les quantités étaient trop importantes au point que je finisse dans les vapes. J'ai honte de le dire, mais j'ai frôlé l'overdose. À mon réveil, j'étais capable de voir les ailes des anges, mais j'ai toujours pensé que j'avais un problème au cerveau, des séquelles de la prise de drogue…

Je repense à l'homme qui m'a aidée, et je sais maintenant que je n'ai pas imaginé ses ailes. Tout à coup, l'idée me percute qu'il s'agissait peut-être d'un des Cupidon !

— Vous avez tous les ailes blanches ? demandé-je à Andy.

Il hausse les sourcils, surpris par le tour qu'ont pris mes pensées.

— À ma connaissance, seuls mes frères et moi avons des ailes blanches. Les *oubliés* ont des ailes noires, quant aux *half heaven*, ils n'en ont pas du tout. Pourquoi ?

— C'est un ange comme toi qui m'a sauvée ce soir-là. Sans lui, je me serais étouffée. Je n'ai pas vu son visage, mais il avait un tatouage au poignet…

— Côme ! souffle Andréas.

Son regard se perd dans le vide tandis qu'il réfléchit à ce que je viens de lui dire.

— C'est notre frère, celui qui est avec les *oubliés*, finit-il par préciser.

Je ne sais pas de quoi il parle, mais nous avons déjà pas mal de choses à nous dire sans rajouter les histoires de la famille Cupidon. J'imagine qu'il m'en parlera plus tard.

Un silence passe entre nous, puis je lâche :

— Je n'ai pas osé te parler de tout ça…

Andréas se concentre sur moi. Il me dévisage et j'ai envie de me perdre dans son beau regard bleu, mais nous n'en avons pas terminé.

— Tu ne me faisais pas confiance, dit-il.

— Non, ce n'est pas ça… Je ne voulais pas que mon passé me pourrisse la vie et j'avais décidé de l'enterrer pour de bon.

Du bout des doigts, Andréas caresse ma joue :

— Je suis capable d'encaisser ton passé, Penny, et d'en ressortir vivant. Je l'ai fait deux fois.

Je repense à la soirée où j'ai manqué me noyer, puis au coup de feu tiré par Riley.

— Je suis désolée, Andy. C'est de ma faute s'il t'a tiré dessus…

Ma gorge est nouée. Il a failli mourir pour moi, et il m'a sauvé la vie, deux fois !

Il glisse ses doigts sous mon menton pour me faire relever la tête :

— Tu n'es pas responsable, Pen. Pour commencer, tu n'as pas pressé la détente de cette arme, et ensuite, c'est moi qui ai décidé de te protéger.

Je fronce les sourcils, sans comprendre. Il explique :

— Je t'ai fait tourner pour prendre la balle à ta place.

Mes souvenirs de ce jour-là remontent et je me rappelle ce moment où le décor a tourné autour de nous. Voilà ce qu'il s'est passé !

Les larmes envahissent mes yeux en même temps que ma fréquence cardiaque s'emballe. Aussitôt Andy me prend dans ses bras.

— Hey, tout va bien, murmure-t-il les lèvres pressées contre ma tempe. Je suis là. Je serai toujours là. Je n'aurais jamais dû remettre en question notre relation…

— C'est de ma faute, je n'ai même pas insisté quand tu m'as dit que tout était terminé. J'étais tellement persuadée que je ne te méritais pas…

Nous nous détachons l'un de l'autre pour mieux nous dévisager. C'est dingue ce que je peux aimer cet ange.

— C'est moi qui ne te mérite pas, Penny. Mais je suis prêt à prendre toutes les balles du monde pour te prouver mon amour.

Andréas plonge la main dans la poche de son pantalon. Il récupère un petit objet qu'il dépose au creux de ma paume. J'observe, interdite, le métal un peu déformé avant de comprendre ce dont il s'agit. Je m'insurge :

— Il faut s'en débarrasser ! C'est un souvenir de Riley qu'on devrait enterrer.

Andréas secoue la tête :

— Tu te trompes, Penny. Cette petite balle représente la force de mon amour pour toi. Et c'est aussi une preuve de ce dont je serais capable pour toi s'il le fallait.

Les larmes brouillent ma vision. À cet instant, je me sens aimée et protégée comme je ne l'ai jamais été auparavant.

Andréas vient de réduire mes barrières à néant, je me presse contre lui et dépose un baiser sur ses lèvres :

— Je t'aime, Andy.

Son regard s'illumine.

— Je t'aime, Penny.

Je l'embrasse à nouveau, mais cette fois, je ne me retiens plus du tout. Je n'ai plus aucune limite et je ne tarde pas à me retrouver à califourchon sur lui.

Nos baisers deviennent de plus en plus passionnés à mesure que nos sentiments prennent le dessus. Je mesure à quel point je me censurais avant… Mais il n'est plus question de faire preuve de retenue, je veux profiter de mon homme, ou plutôt mon ange.

Nos vêtements disparaissent les uns après les autres, et je marque un petit temps d'arrêt en apercevant la cicatrice sur le flanc d'Andréas. La peau est rouge, mais la blessure semble être à un état de guérison avancé.

Je trace lentement les contours :

— C'est douloureux ?

— Plus maintenant.

Je mesure jusqu'où il est prêt à aller pour moi, et à nouveau, je sens mon cœur s'emballer.

Il relève mon visage pour trouver mon regard :

— On ne doit plus penser à notre passé, Penny. Tout ce qui compte c'est que nous sommes tous les deux à partir de maintenant.

Il ponctue sa phrase d'un long baiser langoureux qui me fait vriller. Quand il se lève tout en me portant, je réalise qu'il est encore plus fort que je ne l'avais imaginé… Andréas me conduit dans ma chambre dont il referme la porte.

Quand il ouvre les paupières, son regard se fait gourmand. Je frissonne de plaisir quand Andréas entreprend d'embrasser chaque centimètre de mon corps. Allongée sur mon lit, emportée par notre amour et notre passion, je suis heureuse.

Le passé est là où il doit être : loin derrière nous. Il ne pourra plus se mettre en travers de notre route. C'est un monde de possibilités qui s'ouvre à nous.

Tandis qu'Andy s'emploie à me conduire au septième ciel, je lâche enfin prise sur tout ce qui me retenait. Je suis enfin libre, et j'ai le sentiment qu'une nouvelle Penny est sur le point d'émerger.

Les caresses de mon ange se font de plus en plus pressantes et assurées. Il sait ce qu'il veut et je suis prête à tout lui donner, absolument tout. Parce que c'est lui, parce que c'est nous et que rien n'est plus fort que notre amour.

Quand Andy entre en moi et que nous ne formons plus qu'un, j'ai le sentiment d'être enfin complète. J'ai trouvé mon âme sœur, j'en ai l'intime conviction. Il s'arrête un instant pour chercher mon regard. Ce que je lis dans ses yeux est de l'amour à l'état brut, et juste quand j'avais le sentiment que mon cœur était entier, Andy me prouve que je peux accueillir encore plus d'amour et de bonheur.

— Je suis tien, et tu es mienne, chuchote-t-il.

— Je suis tienne, et tu es mien, répété-je.

Les larmes qui envahissent mes yeux ne sont pas tristes, bien au contraire, elles sont l'expression des sentiments les plus purs et les plus puissants qu'une humaine puisse ressentir.

Cet instant n'a rien d'une recherche effrénée de jouissance. En fait, rien ne saurait être plus éloigné. Les mouvements d'Andréas sont longs et doux, comme s'il voulait graver ces instants dans nos mémoires et qu'il fallait pour ça que le processus se fasse dans la douceur. Je savoure chaque seconde où nous ne sommes plus qu'un seul être, cœur, corps et âme, avec l'envie que cela dure pour toujours.

Andréas me regarde droit dans les yeux :

— Pour toujours, et plus encore.

ÉPILOGUE

PENNY

Le réfectoire est bondé et les discussions vont bon train, ce qui a pour effet d'élever le niveau sonore au-delà de la normale. Postée près de l'entrée, je regarde la joyeuse assemblée que nous avons réunie. Les enfants de l'orphelinat ont tous joué le jeu, il y a aussi des pensionnaires de la maison de retraite où Sienna fait du bénévolat, sans compter les Cupidon et moi.

Des banderoles ont été suspendues un peu partout, en fait, la décoration de l'évènement a été confiée aux pensionnaires de Sainte Mary, et ils s'en sont donnés à cœur joie : ballons, cotillons, dessins... Ils n'ont rien omis pour faire de cette célébration un jour dont tout le monde se souviendra.

— Bonjour Penny !

La voix fluette qui s'adresse à moi est celle de Candice. La petite fille tient dans ses bras son lapin bélier, Caramel. L'animal semble particulièrement docile et il ne bronche pas.

— Salut Candice. Tu t'amuses bien ?

Le regard brillant de Candice et sa mine réjouie répondent déjà à ma question.

— C'est génial ! J'espère que mes copains trouveront une famille !

— Je l'espère aussi.

— Tu pourrais tenir Caramel, s'il te plait ? J'ai besoin d'aller au petit coin…

Elle se dandine sur place et je récupère l'animal pour la libérer.

— Bien sûr. File !

Candice ne se le fait pas dire deux fois, elle s'éclipse en direction du couloir. Je caresse distraitement le lapin tout en observant les visiteurs qui assistent à cette journée. L'objectif est que des parents adoptent des enfants, mais nous avons décidé de transformer l'évènement en une sorte de kermesse, à la plus grande joie des enfants.

— Beau travail, Penny !

Je tourne la tête vers Tarn. Mon boss m'adresse un franc sourire, et je lui en retourne un.

— Merci, mais je n'aurais rien pu faire sans l'aide de Niall.

La haute silhouette du jeune homme est reconnaissable dans la foule. Tarn répond :

— Je n'aurais jamais cru qu'il puisse évoluer aussi vite. Tu as vraiment la fibre avec les enfants, tu sais ?

— J'aimerais dire que c'est le cas, mais je n'ai rien fait de spécial. C'est Niall qui a changé…

— Tu es modeste, Penny. Mais tu oublies à qui tu

parles : je connais ce gosse depuis longtemps, et il n'a jamais été aussi bien que maintenant. Alors tu peux continuer à croire ce que tu veux, mais je t'assure que tu l'as beaucoup aidé.

J'ai un peu de mal à accepter les compliments de Tarn… Bien que Niall ait évolué dans la bonne direction, il n'en reste pas moins qu'il a été en danger à cause de moi. Je n'en parle pas à Tarn, je ne tiens pas à me faire virer du seul boulot que j'ai jamais aimé. Et puis, maintenant que Riley est derrière les barreaux, plus aucune menace ne pèse sur nous.

À cet instant, une vieille femme se dirige droit sur nous, je reconnais Maggie, une des pensionnaires de la maison de retraite :

— Tarn, mon brave, nous avons besoin de votre aide pour départager les finalistes !

Mon boss m'adresse un sourire contrit avant de se laisser entrainer par Maggie. La vieille femme a saisi le bras de Tarn comme pour s'assurer qu'il ne lui échapperait pas.

Les cours de pâtisserie ont été mis en place, mais contrairement à ce que nous avions prévu, ce n'est pas moi qui les donne, c'est Niall. Le jeune homme s'est découvert une passion dans ce domaine et il se défend plutôt bien. Un concours de gâteaux a été planifié et ce sont les pensionnaires de la maison de retraite qui font office de jurés.

— Je vais te débarrasser de Caramel, si tu veux.

Sienna vient de me rejoindre et récupère l'animal qui ne semblait pas trouver ma compagnie désagréable.

— C'est vraiment formidable tout ce que vous faites pour eux, ajoute-t-elle.

Je comprends qu'elle parle de l'équipe de Sainte Mary, et je suis fière d'en faire partie. Je me tourne pour faire face à Sienna :

— Si seulement tous les enfants avaient la chance de trouver une famille telle que la vôtre…

Un voile passe sur son visage.

— C'est une discussion que nous avons souvent à la maison. Candice pense beaucoup à ses amis restés ici, et c'est vrai qu'on aimerait faire tellement plus pour eux…

— Vous avez adopté Candice, c'est déjà énorme.

Sienna hoche la tête. Élon et Levy nous rejoignent et très vite le groupe se reforme. Même Daphné et Éros sont de la partie. Ma sœur ne se gêne pas pour taquiner son petit ami :

— Peut-être qu'un jour on pourrait adopter un enfant, nous aussi.

J'aurais cru qu'Éros se défilerait, mais il me surprend en gardant un air très sérieux.

— Pourquoi pas. Mais il faudrait déjà qu'on commence par vivre ensemble.

Un silence passe. Le couple retient l'attention de notre groupe. Éros insiste pour que Daphné emménage chez lui depuis des semaines, mais ma sœur n'a pas encore décidé de sauter le pas. Et j'avoue que je commence à me poser des questions sur ce qui la retient.

Le débat pourrait tourner court si Éros n'en avait pas décidé autrement :

— Est-ce qu'il faut que je mette un genou à terre pour te le demander ? Dis-le-moi, Daphné, parce que je peux très bien le faire.

— Les humains font plutôt ça pour les demandes en mariage, commente Levy mais personne ne fait attention à son intervention.

Une lueur de tendresse passe sur le visage de ma sœur.

— Pas besoin.

Éros fronce les sourcils, pas franchement ravi par cette réponse, mais Daphné continue :

— Je suis d'accord pour emménager avec toi, Éros.

Le couple s'embrasse pour sceller cette décision, et les félicitations fusent. Je suis vraiment heureuse pour ma sœur. Elle mérite de vivre son histoire à fond et de fonder une famille avec l'homme qu'elle aime.

Des bras se glissent autour de ma taille et une voix familière souffle à mon oreille :

— Maintenant tu vas pouvoir amener le reste de tes affaires chez moi.

Je tourne un peu la tête pour accueillir le baiser d'Andréas. Il est vrai que je passe déjà tellement de temps chez lui, que c'est comme si nous habitions ensemble.

Indifférent à ses frères et au reste du monde, Andy me fait pivoter pour me prendre dans ses bras. Je me sens tellement bien à cet instant que je ne peux pas m'empêcher de me demander si quelque chose ne va pas mal tourner.

Penny, stop !

J'écoute la voix de ma raison qui me dicte de ne plus m'autosaboter. Le passé est enfin enterré, il n'y a plus une ombre au tableau et je peux profiter de mon bonheur auprès de celui que j'aime.

Le baiser qu'Andy me donne court-circuite toutes mes pensées et je me laisse aller à cette étreinte. Tout va bien, j'ai un job que j'adore dans lequel je me sens utile à la communauté, et sur le plan personnel, j'ai trouvé l'homme, ou plutôt l'ange, qu'il me faut.

FIN

Tu as aimé l'histoire d'Andréas et Penny ?
Télécharge un bonus gratuit ici.

À SUIVRE DANS

THE CUPIDON BROTHERS

LEVY

Il y a un monde fou dans mon immeuble aujourd'hui ! Je grimpe les marches quatre à quatre pour rentrer chez moi. Je n'ai qu'une hâte : me poser sur mon canapé pour regarder un match de football américain. Il m'a fallu un bout de temps pour comprendre ce que les humains aimaient dans ce sport, mais maintenant que je m'y suis mis, je ne compte plus m'arrêter.

Je débouche dans le couloir qui conduit à mon appartement et m'aperçois qu'il y a là une longue file de jeunes femmes. Je suis perplexe quand je comprends qu'elles font la queue devant ma porte.

Perplexe, je tourne la poignée et constate qu'elle est déverrouillée, puis j'entre dans mon logement sous le regard curieux de la jeune femme la plus proche.

Je n'ai pas fait trois pas à l'intérieur que je vois mes frères. Il y a Caleb, Éros, Élon et Andréas. Je me fige sur le seuil du salon :

— Euh… Salut. Je ne savais pas qu'on avait prévu

de se voir.

Mes frères semblent surpris eux aussi, à l'exception d'Éros. Il frappe dans ses mains pour attirer notre attention :

— Bien ! Maintenant que nous sommes tous là, on va pouvoir passer aux choses sérieuses !

Je fronce les sourcils, complètement paumé. De toute évidence, je ne suis pas le seul car Caleb marmonne :

— J'ai pas trop de temps, si tu pouvais aller droit au but.

L'attention d'Élon et Andréas est braquée sur Éros. Ce dernier adore être le centre d'attention, et ne se fait pas prier pour prendre la parole :

— Levy, tu as besoin d'une intervention.

— Ah bon ? m'étonné-je.

— Oui, il est temps que les choses changent !

Éros a l'expression du chat qui a mangé la souris et je flaire l'entourloupe.

— Quand tu parles des choses, tu veux dire…

— Ta vie sentimentale, bien sûr !

Je secoue la tête, atterré. Nos frères ne semblent pas plus informés que moi.

— Tu es le seul parmi nous à ne pas avoir trouvé ton âme sœur, précise Éros.

— Mais, balbutié-je.

— C'est n'importe quoi, Éros ! Tu nous as fait venir pour ça ? s'emporte Caleb.

— Moi je suis d'accord avec Éros, réplique Andréas.

Les têtes se tournent vers lui.

— Après tout, tu m'as aidé à retrouver Penny.

— Ça ne veut pas dire que nous devons tous avoir une âme sœur, le contré-je.

— Moi aussi tu m'as aidé, renchérit Élon.

Un silence passe dans la pièce, et c'est Caleb qui le rompt le premier :

— Idem pour moi avec Priyanka.

Il a un air bougon, mais il va quand même dans le sens d'Éros.

— Ne me dis pas que tu le suis dans son délire ? m'écrié-je. C'est n'importe quoi !

Éros reprend la parole :

— Tu ne peux pas dire avant d'avoir essayé. Qu'est-ce que ça te coute, hein ?

J'en reste muet de stupéfaction.

— Bien, on va pouvoir commencer, conclut-il.

— Commencer quoi ? m'étonné-je.

Éros laisse passer un petit silence dramatique avant de lâcher :

— Le casting.

Un nouveau silence s'étire entre nous, et j'entrevois un début d'explication sur la présence de toutes ces femmes dans le couloir. Je ne peux pas m'empêcher de me récrier :

— Tu n'es pas sérieux ?

— Je suis extrêmement sérieux, Levy. J'ai organisé un casting pour te trouver une coloc.

Cette fois, c'en est trop :

— C'est ridicule ! Je n'ai jamais vécu avec une femme, et ce n'est pas maintenant que je vais le faire !

— Maintenant qu'elles se sont déplacées, tu peux avoir la politesse de les recevoir, contre Andréas en se marrant.

— C'est ça, fous-toi de ma gueule !

— Allez, Levy, tu peux au moins les rencontrer, rétorque-t-il. S'il n'y en a aucune qui te plait, on arrêtera tout.

En désespoir de cause, j'essaie de prendre Élon et Caleb à partie :

— Vous êtes d'accord que c'est une idée stupide ?

Élon hausse les épaules :

— Pas tant que ça… Il faut parfois forcer la main au destin…

— Mais je n'ai rien demandé, moi !

Je me tourne vers Caleb :

— Cal, tu ne peux pas être d'accord avec ça ?

Mais je comprends que j'ai perdu le combat quand je vois la lueur malicieuse qui danse dans ses yeux.

— Puisque vous vous êtes ligués pour faire ça, à vous de vous débrouiller !

Et je m'éloigne en direction de ma chambre, mais c'est sans compter sur Éros qui semble avoir tout prévu. Il lance dans mon dos :

— Si tu n'assistes pas aux entretiens, ça veut dire que tu nous laisses carte blanche.

Je crains que le résultat de cette opération ne soit un total désastre, et je juge qu'il vaut mieux que je participe pour limiter les dégâts. Je reviens donc sur mes pas.

— Parfait ! J'ai réduit la liste à une trentaine de

candidates potentielles, nous apprend Éros.

— Non, mais tu prépares ça depuis quand ? m'étonné-je.

Il hausse les épaules :

— J'ai mis une assistante sur le coup.

— Ce n'est pas de l'abus de bien social, ça ? m'indigné-je.

— Légalement, commence Élon.

Mais il n'a pas le temps de terminer sa phrase car Éros fait entrer la première jeune femme. Il a même poussé le vice jusqu'à préparer des questionnaires à faire remplir aux candidates et des feuilles de debrief pour nous.

J'assiste consterné au casting organisé par mon frère pour trouver mon âme sœur. Cette idée est totalement stupide, et je suis certain que ça ne fonctionnera pas.

Lorsque la première jeune femme commence à nous parler de son amour inconditionnel pour les chihuahuas, je me dis que la journée s'annonce longue…

REMERCIEMENTS

La saga des Cupidon continue, et je suis hyper touchée de l'accueil qui est réservé à mes « petits » anges. Alors, pour commencer, je veux te remercier. Oui, toi qui lis ces lignes : mille mercis.

Les tomes se succèdent, et les remerciements sont les mêmes : à ma famille, mon mari, à ma Sestra, aux copines qui me soutiennent, aux blogueuses et chroniqueuses, sans oublier Maya pour ses couvertures magiques et Katia pour son œil de lynx en correction.

DE LA MÊME AUTRICE

Romances contemporaines

Endless Night, tomes 1 et 2, Hugo Poche, 2019
Is It Love – Colin, Hugo Roman, 2020
N'essaie pas de m'aimer, 2020
Ambition over Love, 2020
Nos Sens Interdits, 2021

En collaboration avec Tamara Balliana
Million Dollar Love, 2021
Million Dollar Sunset, 2021
Million Dollar Crush, 2021

Romances surnaturelles

Saga The Cupidon Brothers
Éros, 2020
Caleb, 2020

Élon, 2021
Andréas, 2021

---

[1] Voir The Cupidon Brothers – Caleb.

[2] Voir The Cupidon Brothers – Caleb.

[3] Voir The Cupidon Brothers – Élon.

[4] Voir The Cupidon Brothers – Caleb.

[5] Voir le bonus gratuit disponible à l'adresse suivante : www.estelle-every.com/bonusandréas

www.ingramcontent.com/pod-product-compliance
Ingram Content Group UK Ltd.
Pitfield, Milton Keynes, MK11 3LW, UK
UKHW021650190726
13853UKWH00001B/172